पगढाल

THE LAST STEPS

विवेक कुमार पांडे शंभूनाथ

क्रम-सूची

प्रस्तावना

एक हुनर,एक पहचान जो सभी से छुपा दे वो कभी नहीं हो सकता पगढाल । हम बात कर रहे हैं आप सभी की कोई कुछ भी कह दे तो आप सभी डिमोटिवेट हो जाते हो । शुरूआत इतनी तेजी से करो की तुम्हें रोकना असंम्भव हो जाए । एक बात हमेशा याद रखना "जलने वाले जलते रहे क्योंकि हम आगे बढ़ते रहें ". क्योंकि किसका वक्त कब बदल जाता है । किसी को भी नहीं पता । कोई तुम्हारा मजाक उड़ाता है और ताना मारता है । उस पर ध्यान मत दो उन लोगों का मुंह बंद करके दिखाओ अपनी सफलता से ।

इस किताब को लिखने के दौरान कोई भी धर्म या जाति और समाज एवम् किसी भी परिवार के सदस्य को नुक्सान नहीं पहुंचाया गया है। हम किसी को भी ठेस नहीं पहुंचाना चाहते हैं । विवेक कुमार पांडे द्वारा लिखा गया यह उनके जीवन पर आधारित बायोपिक है ।

भूमिका

लेखक की जीवनी :

मेरा नाम विवेक कुमार पांडे है और मैं एक लेखक हु , में गुजरात के सुरत में निवास करता हूं.मेरा जन्म ३० सेप्टेंबर २००२ में हुआ था, और मुझे बचपन से एक्टर बनने का सोख रहा है और अभी भी है.। में कभी ये नहीं सोचता की लोग क्या कर रहे हैं में ये सोचता हूं कि में क्या कर रहा हूं, में आज सफल हूं तो अपने पापा की वजह से आज वो रहते तो उन्हें बहुत खुशी होती , वो सदा और हमेशा मेरे साथ रहेंगे.। मेरे रियल लाइफ के सुपरस्टार और सुपर हीरो मेरे प्यारे पापा है । आई लव यू पापा । पापा को मेरे हाथ कि चाय बहुत अच्छी लगती थी ।

जब उनका मन करता था चाय पीने के लिए तो वो कहते थे । मुझे चाय पीना है कौन बनाएगा मम्मी कहती में बना देती हूं लेकिन पापा कहते नहीं मेरा बेटा बनाएगा । उसके हाथ कि चाय मुझे बहुत अच्छा लगता है । जब भी काम करके घर आने वाले होते हैं तब मुझे फोन करते है विवेक बेटा बोलो क्या खाओगे सेब ले लु । में कहता ठीक है पापा ले लिजिए । पापा कहते कितना लू एक किलो या 2 किलो । में कहता नहीं पापा सिर्फ में ही खाता हूं भईया और दीदी को फल अच्छा ही नहीं लगता है इसलिए 3 सेब ले लेना । लेकिन पापा मेरे लिए दो तीन किलो फल लेकर आ ही जाते थे । पहले ले लेते फिर मुझे फोन करते । हमेशा ऐसा ही करते थे ।

में ये नहीं कह रहा हूं कि मुझे बहुत ज्यादा प्यार और मानते थे । वो अपने तीनों संतानों को प्यार करते थे । सबसे छोटा तो में ही था घर में , मुझसे बड़ी मेरी बहन और मेरी बहन से भी बडे मेरे भईया । में आज भी वो दिन का इंतजार कर रहा हूं जब पापा मेरे लिए कुछ लेकर आएंगे । मेरे कान तरस रहे है वो आवाज़ सुनने के लिए । लेकिन कहते हैं जो चीज चली जाए वो कभी लौटकर नहीं आती है । आप सभी से निवेदन है आप अपने मम्मी और पापा का ध्यान रखें । दुनिया में एक ही भगवान है वो है माता ओर पिता ।

में बहुत ही शरारती था बचपन में । मुझे किताब लिखने का शोख बचपन से ही था । जब में तीसरी कक्षा में पढ़ता था । तब से ही किताब लिखता था में और मेरा दोस्त हम दोनों किताब लिखके सभी को दिखाते थे और कहते थे जिन्हें मेरा किताब अच्छा लगे तो अपना हस्ताक्षर कर दे । मेरे अंदर एक बहुत ही खास विशेषता है में किसी के चक्कर में नहीं रहता हूं । कौन क्या कर रहा है करने दो मुझे कुछ फर्क नहीं पड़ता है । मुझे सिर्फ अपने आप पर ध्यान देना है ।

क्योंकि दुनिया में ऐसे भी लोग हैं जो नहीं खुद कुछ करना चाहते हैं और नहीं दुसरो को कुछ करने देना चाहते हैं । एक बात ध्यान रखें अगर आप कोई भी नया काम करते हैं तो पहले लोग ताना मारते ही है । ये मत करो वो मत करो तुम्हारे बस कि बात नहीं है , तुम नहीं कर सकते हो . मुझे यह पता नहीं चलता लोग इतना सुझाव क्यों देते हैं । हमें जो करना है

हम वहीं करेंगे । कई लोग हैं जो दुसरो के कहने पर वही करते हैं लेकिन मैं आपसे कह रहा हूं आप जो करना चाहे वो करे किसी के कहने पर खाई में मत कुदे । आपकी जिंदगी आपके ही हाथों में है लोगों के हाथों में नहीं है ।

मेरा बस एक ही सपना है की में नाम कमाकर अपने पिताजी का अधुरा सपना पूरा करूं ।

1

पगढाल

जिंदगी एक संघर्ष है। जिंदगी में उतार-चढ़ाव आते रहते हैं मेरी जिंदगी में भी उतार-चढ़ाव आए हैं । जिंदगी का मतलब ही है एक मुश्किल पड़ा जो सभी को झेलना है और उस मुश्किल पड़ाव से डटकर सामना करके उस पड़ाव से बाहर आना है । एक और बात अगर आप जिंदगी में जो करना चाहते हैं आप वही कीजिए। अब किसी के बहकावे में आकर वही काम मत करिए जो आपको पसंद नहीं।

अब कल कोई कहेगा यह काम कर लो वह काम कर लो यह ठीक रहेगा। लेकिन नहीं आपको जो ठीक लगे आप वही काम करिए क्योंकि कहते हैं ना । "जब मेहनत में होगा जोर तभी इस दुनिया में होगा शोर" । यह मेरा टाइटल ट्रैक है और आपका क्या होगा आप खुद डिसाइड कर सकते हैं । फिर कभी ऐसा मौका ना आए कि जब आप पछताए यार मैंने अगर यह कर लिया होता मेरा सपना पूरा हो जाता है । आप सिर्फ अपने सपने को पूरा करिए । कोई कुछ भी कहता है उन्हें कहने दीजिए। आप सिर्फ अपने लक्ष्य पर ध्यान दें । क्योंकि आप कभी भी कुछ नया काम करेंगे तो 10 लोग आपकी बुराइयां करेंगे 10 लोग आपको टोकेंगे । उनकी बातों का ध्यान ना दें क्योंकि उनका काम ही यह सब करना । वह लोगों का सिर्फ समय बर्बाद होगा और कुछ नहीं।

"जलने वाले जलते रहे क्योंकि हम आगे बढ़ते रहें ".

अपना हुनर सभी दुनिया वालों को दिखाओ ताकि वह देख सके तुम्हारे में कौन सा हुनर है । ऐसा काम करो ऐसा नाम करो की कोई कभी ऐसा ना कर पाए और सबसे ज्यादा अपने मां-बाप का ख्याल रखो । क्योंकि एक वही है जो आप की दुनिया है अगर आप दुनिया का ध्यान नहीं रखेंगे फिर वक्त आने पर वही मां बाप के लिए आ तड़प तड़प कर रहेंगे लेकिन फिर आपको वह कभी नहीं मिलेंगे इसलिए इंसान है तो इंसान का कद्र करना भी सीख ले ।

मैं भी जब किताब लिखता था कई लोग मुझे ताना देते थे । ज्यादा होशियारी मत मार ,मैं भी तेरे जैसा किताब लिख सकता हूं। तुझे कुछ नहीं आता है । उड़ मत ज्यादा घमंड तेरे में ज्यादा आ गया है । मैं उन्हीं लोग से भी कहना चाहता हूं । "अगर तुम्हारे अंदर भी हुनर

हो तो किताब लिख कर दिखाओ" ।

अभी तक कहां रह गए तुम हम रेस में तो आगे निकल चुके हैं और तुम अभी तक हमारी बुराइयां करने ही लगे हो । देखो एक बात हमेशा याद रखना जिंदगी में कुछ करना है तो लोगों की बातें मत सुनो क्योंकि लोग तुम्हें खाई में पहले गिराएंगे लेकिन उस खाई में से निकालने वाला कोई नहीं होगा । लोग तुम्हें 10 सजेशन देंगे लेकिन तुम्हें जो ठीक लगे वही करो अगर तुम्हें इंजीनियर बनना है तो इंजीनियर बना डॉक्टर बनना है तो डॉक्टर बनो एक्टर बनना है तो एक्टर बनो किसी की मत सुनो लेकिन अपनी सुनो ।

क्योंकि किसका वक्त कब बदल जाता है । किसी को भी नहीं पता । कोई तुम्हारा मजाक उड़ाता है और ताना मारता है । उस पर ध्यान मत दो उन लोगों का मुंह बंद करके दिखाओ अपनी सफलता से ।

तो कहानी की शुरुआत होती है । एक छोटे से स्कूल से । यह कहानी है 2018 की जब में 9 वीं क्लास में पढ़ता था । मेरा भी एडमिशन नया हुआ था । पहले हम सिटी में रहते थे । बाद में जब अपना घर लिया तब हम सिटी से बाहर आउट एरिया जहां पर हमारा प्यारा सा घर था । मेरा एडमिशन हुआ बी.एन.बी स्कूल में ,स्कूल में पहला दिन था । पहले दिन के बाद अपनी भी थोड़ी-थोड़ी जमने लगी स्कूल में । कुछ महीनों बाद।

विवेक कुमार : अरे यार एग्जाम नजदीक आ रहे हैं कुछ तो करना पड़ेगा ही ।

उमंग : हां यार कुछ तो करना पड़ेगा वरना लटक जाएंगे । फिर जिंदगी भर के लिए अटक जाएंगे ।

विवेक कुमार : एस.एस के सर तो बहुत कंजूस है यार । हम सभी से बदला निकालने के लिए वह एकदम हार्ड पेपर बनाएंगे ।

उमंग : वह तो मुझे पता है । सर जी सभी को लपेटे में लेंगे ।

विवेक कुमार : लगता है अब क्लास में थोड़ा सिंसियर बनना पड़ेगा । तभी सर जी हमको पेपर बता देंगे अपना काम निकल जाएगा ।

उमंग : हमें नहीं बताएंगे सर पेपर में क्या आने वाला है । जो उनके के पास ट्यूशन जाता है उन्हीं को बताएंगे । वह चाहते हैं कि उनके ट्यूशन वाले टॉप करें ।

विवेक कुमार : छोड़ना अगर नहीं देंगे तो कोई बात नहीं जाने दे । लेकिन हम उस्तादों के उस्ताद है । वैसे आज होमवर्क क्या था ।

उमंग : कौन से सब्जेक्ट का होमवर्क साइंस का एस.एस का या हिन्दी का ।

विवेक कुमार : अरे एस.एस की बात कर रहा हूं । मेरा तो हो गया । तूने किया या नहीं ।

उमंग : अरे यार मेरा तो बाकी रह गया । अब मैं क्या करूं वरना वो प्रमोद सर मुझे कच्चा खा जाएंगे ।

विवेक कुमार : कल क्या कर रहा है तू घर पे। ऐसा सवाल मैं नहीं सर पूछेंगे ।

उमंग : एस.एस का लेक्चर कब है ।

विवेक कुमार : 11 बजे । बस 11 बजने में पांच मिनट बाकी है । कुछ नहीं होगा सर को बोल देना ।

उमंग : ठीक है । वैसे अपना ये एफ - ए 1 का एग्जाम कब है या फिर कुछ दिन बाद होगा।

विवेक कुमार : कुछ दिन बाद ही एफ -ए 1 का एग्जाम होगा । 20 मार्क का । 10 मार्क ओरल। 5 मार्क नोटबुक । 5 मार्क प्रोजेक्ट । वैसे यह साधारण एग्जाम इसमें कोई घबराने की बात नहीं है । सर एमसीक्यू ही पूछेंगे । पीछे से आंसर हम बता देंगे जो भी जवाब होगा।

(जिसका इंतजार था वही हुआ 11:00 बज गए और हमारे प्रमोद सर क्लास में हाजिर हुए । हम सभी ने उनका नामकरण किया था । जब भी उनका लेक्चर आता था तब हम कहते जंगल में मोगली प्रस्थान कर चुके हैं । हम उन्हें प्यार से मोगली बुलाते थे । मैं नहीं कहता था मेरे दोस्त कहते थे । में अपने धुन में मस्त रहता था । में अपनी बुराई कैसे कर सकता हूं जब मैं अपनी जीवनी लिख रहा हूं तो।)

प्रमोद सर : चलो बेटा आज हिस्ट्री का चैप्टर नंबर 5 पढ़ेंगे ।

सभी मन में सोच रहे थे आज तो यह पक्का हमें पकाएंगे सर । कैसे भी करके एक घंटा निकालना पड़ता था । हम उन्हें याद कर आते तब वह लेशन चेक करते वरना वह भी अपने धुन में मस्त रहते हैं । वह कुछ भी समझाते लेकिन हमारे समझ के बाहर था । एक चैप्टर को खत्म करने के लिए वह एक हफ्ता लेते थे । उनकी गाड़ी धीरे -धीरे चलती थी । लेकिन बहुत मजा आता था । उनके लेक्चर के बाद हिंदी का लेक्चर था । उनका लेक्चर जैसे ही खत्म हुआ वैसे ही हिंदी की मैडम क्लास में आई । उनका शुभ नाम वंदना था।

वंदना मेम : तो आप सभी कैसे हैं । हमारा हिंदी में 2 चैप्टर तो खत्म हो चुका है । आज मैं थोड़ा बिजी हूं इसलिए तुम सब अपना वर्क करो मुझे थोड़ा पेपर चेक करना है ठीक है ।

(हम मन ही मन सोचने लगे इससे बड़ी खुशी क्या मिल सकती है । एक दिन मैंने बंदना मैम की कंप्लेंट कर दी उन्होंने हमें नौवीं क्लास में पूरा हिंदी का सिलेबस दे दिया था । टोटल 24 चैप्टर थे । उन्होंने कहा लास्ट एग्जाम में पुरे 24 चैप्टर आएगा। मैंने यह बात प्रिंसिपल सर को बता दिया उन्होंने मैडम से कहा मैडम हाफ सेमेस्टर रखिए बच्चे इतना नहीं कर पाएंगे और मैम ने 12 चेप्टर दे दिया। फिर उन्होंने कुछ कारण से स्कूल छोड़ दिया मेरे कारण नहीं मतलब उनके कुछ पारिवारिक कारण से । लेशन इतना भर - भर कर देते थे । हमें खेलने का वक्त भी नहीं मिलता था । फ्री लेक्चर में "मैं तो अपना लेशन स्कूल में ही कर लेता हूं । वंदना मैम के लेक्चर के बाद साइंस का पीरियड था । जिसे हमारे प्यारे नवनीत सर पढ़ाते थे । साइंस में बोरिंग नहीं लगता था क्योंकि सर हम को हंसाते थे और साथ-साथ में पढ़ाते भी थे । कोई नोटबुक बनाता है या नहीं बनाता सर उनको भी मार्क्स दे देते इंटरनल । उनका एक बहुत फेमस डायलॉग था अपना चोच बंद कर ले और ज्यादा छिछीआ मत ।)

नवनीत सर : चलो बच्चों तो है साइंस में क्या करना है ।

भविष्य : सर आज होमवर्क बहुत सारा है रहने दीजिए आज हम होमवर्क कर लेते हैं बाद में पढ़ा दीजिएगा ।

नवनीत सर : ठीक है तो चलो लेशन कर लो लेकिन चोच बंद करके ।

(अब सर ने तो हमें परमिशन दे दिया हम भी जहां-तहां बैठ गए अपने - अपने दोस्तों के साथ .)

भविष्य : शायद हमारे क्लास में किसी ने भी कुछ अच्छा काम नहीं किया है ।

नीतेश : कौन सा काम कैसा काम ?

भविष्य : अरे भाई नेक काम बोल रहा हूं ।

राहुल : मैंने तो बहुत सारे नेक काम की है भाई ।

भविष्य : तूने क्या अपने मेडिकल में से सबको फ्री में दवाई दिया है।

राहुल : नहीं भाई ।

विवेक कुमार : अरे पोटली की बात मत सुनो दिन में ही पैक चढ़ाया होगा । इसलिए बकबक कर रहा है । मैं बताता हूं यह कौन सा नेक काम करता है । जब 4:00 बजे छुट्टी होती है घर पहुंचता है तो गली के कुत्ते को पैर से मारता है । यही नेक काम करता है राहुल .

भविष्य : हां भाई तू सही बोल रहा है राहुल यही नेक काम करता है ।

राहुल : चलो अब ज्यादा होशियारी मत मारो । विवेक तू बोल तूने कौन सा नेक काम किया है । बहुत होशियारी मार रहा है तू , हां नहीं तो।

विवेक कुमार : पता है मैंने बहुत ही अच्छा नेक काम किया है ।

नीतेश : कौन सा ?

विवेक कुमार : एक बिचारे बुड्ढे अंकल बहुत ही दिक्कत से धीरे - धीरे चल रहे थे । तो मैंने क्या किया उनके पीछे कुत्ता लगा दिया . फिर तो बुड्ढे अंकल ऐसे भागे ऐसे भागे कहो ही मत ।

भविष्य : भाई तूने तो दुनिया का सबसे नेक काम किया है । वाह।(हंसते हुए)

राहुल : (हंसते हुए) गजब नेक काम किया है ।

जेनिल : और विवेक सुना यार मेरा होमवर्क बहुत बाकी है ।

तेरा एसएस का नोटबुक देना मैं क्योंकि मेरे 3 चैप्टर बाकी अगर नहीं किया तो प्रमोद सर मुझे कच्चा खा जाएंगे ।

विवेक कुमार : हां रुक देता हूं ,नहीं तो एक काम करना मेरे बेग से लेले।

जेनिल : अरे यार दे देना मुझे आकर फिर कुछ चोरी हो जाएगा तो फिर मुझे बोलेगा जेनिल ने चोरी कर लिया ।

विवेक कुमार : हां ठीक है ।

जेनिल : अब इधर ही बैठ कुछ बातें करते हैं ।

विवेक कुमार : क्या बातें करेंगे इतना सारा होमवर्क जो है । पता नहीं यार कब होमवर्क खत्म होगा मेरा तो दो-तीन सब्जेक्ट का तो हो गया बस एक सब्जेक्ट का ही बाकी है साइंस का।

जेनिल : अरे कुछ भी बातें करते हैं । जैसे बचपन की, पहले तू अपनी बचपन की कहानी सुना फिर मैं अपने बचपन की कहानी सुनाता .

विवेक कुमार : नहीं यार बोरिंग लगेगा बहुत ।

जेनिल : नहीं लगेगा मेरा भाई तू बोलना बस ।

विवेक कुमार : ठीक है ।

जेनिल : ओके

विवेक कुमार : रहने दे बाद में सुनाऊंगा ।

(ऐसे ही दिन बीता गया 1 दिन क्या हुआ । जब प्रिंसिपल सर ने बाहर से दरवाजा बंद कर दिया था । तब हम सभी खिड़की से कूद कूद के बाहर जाते थे । प्रिंसिपल सर हमारे लिए सब कुछ करते थे । वह दरवाजा इसलिए बंद करते थे ताकि हम शांति से पढ़ सकें । प्रिंसिपल सर हमें इंग्लिश पढ़ाते थे उन का प्यारा नाम नहीं जानोगे । उनका नाम था दयाशंकर ठाकुर । हर दिन टेस्ट लेते थे । हमें बोर्ड एग्जाम के लिए काफी प्रैक्टिस करवाया । सारे रेफरेंस बुक मंगवाए सभी को दिया मुफ्त में नहीं पैसे से और हमें कहा भी

की बोर्ड की एग्जाम दे दो सभी को होटल में पार्टी दूंगा। बोर्ड के एग्जाम खत्म हो गई और पार्टी भी नहीं मिला क्या बोले नसीब ही फूटा है ।

अब बात करते हैं हमारे गुजराती वाले सर के बारे में जिनका नाम शशिकांत सर था । मैं उनका फेवरेट स्टूडेंट था । वह वह सभी का क्लास खूब बढ़िया से लेते थे । अगर वह कोई भी चैप्टर पढ़ा रहे हो और किसी का ध्यान भटका तो सीधा उठाकर पूछते थे । इसका जवाब हमारे आशीष भैया देंगे ,पिंटू देगा या आदित्य देगा अगर नहीं आता था तो क्लास के बाहर निकाल देते थे । और हमें खूब मजा भी आता था उनका इस तरह से बेजती करते थे । और चालू क्लास में तो हम सभी को चिढ़ाते थे। क्लास में आदित्य नाम का एक लड़का था उसे हम एंटर एंटर पेंटर पेंटर नाम से चिढ़ाते थे । वह खूब चढ़ता था ।

हमारे स्कूल में डांस कंपटीशन होते थे । उसमें सभी पार्टिसिपेट करते थे। हमारे स्कूल बहुत बड़ा ऑडिटोरियम था । हर साल वहां पर कुछ ना कुछ आयोजन किया जाता था ।

मैं क्लास में अमिताभ बच्चन बनकर सभी के साथ केबीसी खेलता था बहुत मजा आता था । चालू क्लास में लंच बॉक्स खाना । कभी-कभी तो सर भी हैरान हो जाते थे आखिर ये कर क्या रहे हैं सभी लोग ध्यान नहीं दे रहें हैं क्लास में । हमारे स्कूल में इंटरनल एग्जाम ओरल होता था । तो सारे शिक्षक टीचर एमसीक्यू या ट्रू फॉल्स पूछते थे। हम सभी को आंसर बताते थे । सर अगर ऑप्शन देते जो ऑप्शन राइट होता है उसे हम पीछे से ही इशारा कर देते थे । हम भी पास और हमारे दोस्त भी पास । एक दिन मुझे ऐसा भी मौका मिला जब सर ने कह दिया लो विवेक सबका इंटरनल मार्क्स रख दो । मैंने भी सबको अच्छे मार्क दिया 20 में से

19 या 18 ।

क्लास में हम सभी फ्रेंड हमेशा मस्ती करते थे । बुक लिखने का तो मुझे बचपन से शौक था लेकिन उसे कैसे प्रकाशित करें यह मुझे नहीं पता था । मैंने कई बार गूगल पर सर्च किया उसके बारे में लेकिन मुझे कहीं कुछ नहीं मिला । मैं पब्लिशर को ढूंढते ढूंढते थक गया लेकिन मुझे पब्लिशर नहीं मिला । मैं पहले सोचता था कि बुक कैसे पब्लिश करें कहां पर जाना पड़ेगा । मैं क्या करता है अपनी स्टोरी एक नोटबुक में लिखता उसको ही बढ़िया से सजा के एक बुक बना लेता ऐसे मैंने करीब 100- 200 कहानियां लिखा होगा टोटल 50 नोटबुक में । पूरे 50 नोटबुक भर दिए थे । स्कूल का होमवर्क कर लेता तब स्टोरी लिखना स्टार्ट करता है ।

एक दिन मैंने अपने गुजराती के शशिकांत सर से पूछा सर मैं स्टोरी लिखता हूं मुझे अपनी खुद की बुक प्रकाशित करनी है कैसे करूं क्या करूं मुझे कुछ आईडिया बताएं । सर में आइडिया तो बताया लेकिन थोड़ा कोस्टली था

। मतलब मंहगा था। प्रिंटिंग प्रेस वालों के पास चले जाओ वह प्रिंट कर देंगे । फिर मैंने सोच लिया रहने दो मुझे भूख प्रकाशित नहीं करना है । कहां से में पैसा लेकर आऊंगा ।

(एक दिन स्पोर्ट्स का पीरियड आया सब खेलने चले गए । मैं और मेरा दोस्त जेनिल क्लास में बैठकर अपना होमवर्क कर रहे हैं थे ।)

जेनिल : और विवेक तूने अपनी बचपन की कहानी नहीं सुनाई आज सुना दे चल ।

विवेक कुमार : ठीक है । लेकिन कैसे सुनाऊं शुरुआत से या बीच से कहानी सुनाऊं।

जेनिल : अरे भाई शुरुआत से ही सुना । लेकिन 1 घंटे के अंदर खत्म हो जाना चाहिए वरना सब क्लास में आ जाएंगे । फिर डिस्टर्ब होगा ।

विवेक कुमार : ठीक है ।

गुजरात के सुरत शहर कि यह कहानी है । जहां सत्यम , उमंग , दिवेश , विवेक , गौतम, गोकुल नगर कि सोसायटी में रहते थे । सोसायटी के एक दम नजदीक ही ग्राउंड था ।

विवेक कुमार : ठीक है ।

जेनिल : तेरे 4 दोस्त थे ।

कहानी कि शुरुआत होती हैं क्रिकेट से पास ही एक बड़ा सा ग्राउंड था (प्यार से हम उसे पोपड़ा कहते थे) । गर्मी कि छुटियां थी इसलिए बच्चे मोज मस्ती कर रहे थे । सुबह का समय 10 बजके 10 मिनट हो रहे हैं और ये सभी ग्राउंड में पहुंच गए हैं ।

उमंग : आज तो हमारी ही टीम जीतेगी चाहे कुछ भी हो जाए ।

दिवेश : चल बे होशियारी नहीं । मुझे मत सिखा पता है ना तेरे 5 बोल पे 5 छक्के मारे थे मैंने याद है कि नहीं ।

उमंग : रात गई बात गई समझा । चल अब मार के दिखा बाबु ।

दिवेश : ठीक है चल बोल डाल ।

(उमंग ने पहला बोल डाला और उमंग ने बहुत ऊंचा छक्का मारा पास ही सब्जी मार्केट थी । बोल आलु वाले के सर पर गिरा ।)

दिवेश : देख लिया कितना ऊंचा मारा मैंने छक्का ।

गौतम : हां हां चल कोई नवाई नहीं है । छक्के लोग छक्के नहीं मारेंगे तो और क्या मारेंगे ।

(सभी हंसने लगे)

दिवेश : पहले जा बोल लेकर आ ।

गौतम : जिसने मारा वही लेकर आएगा । गेम का नियम यही था ।

सत्यम : कोई बात नहीं दुसरा बोल हैं । चलो इसी से खेलते हैं । वरना बोल लेने जो जाएगा वो बराबर का लेवाएगा । पिछली बार ये दिवेश ने पानीपुरी वाले भईया के लारी पर सिक्स मारा था । बिचारे पानीपुरी वाले भईया के रगड़ा मसाला गिरा दिया था । में तो नहीं जाने वाला । जिसने मारा वही जाएगा ।

दिवेश : ऐ नाटक चल ना इसी से खेलते हैं । बहुत नाटक है तुम लोगों का । दस रूपए ले लेना बोल किसका है ।

विवेक : मेरा। कहकर बादमें बोलता है कल दुंगा आज दुंगा और कभी देता ही नहीं है ।

दिवेश : यार हम दोनों एक ही मोहल्ले में रहते हैं फिर भी ठीक है दे दुंगा यार । उमंग नया बोल ले उसी से खेलते हैं ।

उमंग : में जानता हूं तुझे खेलने आता है । धीरे धीरे मार एक ही बोल हैं अब समझा ।

दिवेश : तुने ही मुझे चढ़ाया फिर अब क्या हुआ बोल ।

विवेक : तुम लोग खेलते कम ओर बक बक ज्यादा करते हो । खेलना है तो खेलों वरना घर चलो ।

(उमंग ने बोल डाला दुसरी बोल दिवेश ने सोसायटी में मारा । वो बोल जाकर सिधा हमारे समाने रहने वाली बुढ़ि माताजी को लगा । अब हम तो वहां से भाग गए । हमारा नियम था । अगर खेलते समय किसी को लग जाए तो हम वहां से भाग जाएंगे । हमने भी वही किया । बुढ़िया हमको ढुंढ रहीं थी । ढुंढते - ढुंढते उसने पहले ग्राउंड में देखा वहां पर कोई भी नहीं था । हम लोग पहले ही भाग आए । हमे पता था बुढ़िया ढुंढेगी । बुढ़िया बहुत ही खतरनाक थी ढुंढने के बाद मारती थी । बढ़िया और एक दम नई - नई गालियां भी देती थी और साथ ही घर जाकर चापलूसी भी करती थी ।

अब अगर किसी को बिना कोई वजह के परेशान करेंगे तो लोग हमें थैंक यू सो मच थोड़ी कहेंगे । भाई ओर मुझे परेशान करो मजा आ रहा है ।)

विवेक : एकदम सही शोर्ट मारा दिवेश ने ।

दिवेश : तारीफ मत करो यार बहुत ही हर्ट होता है ।

विवेक : आज तो तु देख बुढ़िया तुझे कैसे मारेगी । आया बड़ा तारीफ मत कर ।

उमंग : पहले ये बताओ सालों विकेट लेकर आए या फिर वही पर छोड़ दिया ।

सत्यम : एक काम करो सभी चलो इसका विकेट लेकर आते हैं चलो चलो जल्दी । विकेट को लेके डबल करना अभी शांति रख बुढ़िया उधर खिड़की से देख रही होगी ।

उमंग : अरे यार मारा दादा मने मार से (मतलब मेरे दादाजी मुझे बहुत मारेंगे)

विवेक : आ जाएगा पहले खतरनाक बुढ़िया को जाने दे । रूको में धीरे से देखता हूं बुढ़िया कहा पर है । (बुढ़िया कुर्सी लगाकर ग्रांउड को ही देख रही थी) आज मेरा बोल गया बुढ़िया नहीं देगी । दिवेश अब तुझ पर 20 रूपया देना होगा मुझे ।

उमंग : चलो तो फिर घर चलते हैं ।

सत्यम : हां यार गर्मी हो रही है । घर चलते हैं ।

विवेक : तुम लोग तो निकल लोगे हम दोनों का क्या । बुढ़िया का घर हमारे घर के सामने ही हैं । में तो बोल दूंगा उमंग ने मारा बोल ।

उमंग : मेरा नाम क्यों देगा मैंने थोड़ी शोर्ट मारा दिवेश का नाम क्यों नहीं देगा । भाई आवू नहीं चाले (मतलब ऐसा नहीं चलेगा)

विवेक : हूं आवू नहीं चाले (क्यों ऐसा नहीं चलेगा) सभ चलता है ।

सत्यम : दिवेश का नाम लेना बस और कुछ नहीं । उसका नाम क्यों नहीं लेगा ।

विवेक : में दिवेश का नाम इसलिए नहीं लूंगा ताकि हम दोनों एक साथ ही रहते हैं । ये पहले माहाल पर में तीसरे माहाले पर ।

दिवेश : सही में मेरा पक्का यार तु ही है ।

विवेक : निकले लेते हैं घर पर छुपके - छुपके वरना बुढ़िया आज नहीं छोड़ेगी । चार फुट कि बुढ़िया बहुत पावर फुल है । मुझे तो अंडर टेकर कि तरह लगती है ।

दिवेश : दोपहर को 2 बजे आ जाना खेलने सभी ।

उमंग : मारा दादा मने नहीं आवा दे (मेरे दादाजी मुझे नहीं आने देंगे)

दिवेश : आ जाना यार फिर बार खेलने को नहीं मिलेगा ।

विवेक : सोसायटी में खेलो तो कहते हैं मेरे घर के सामने मत खेलो आगे जाव । आगे जाव तो कहते हैं इधर मत खेलना चलो भागो यहां से । आगे जाव - आगे जाव करते सोसायटी से ही बाहर आ जाते हैं । सोसायटी के बाहर फिर पान वाला कहता है । इधर मत खेलना गाड़ी आती जाती है तुम्हें चोट लग जाएगा ।

दिवेश : वही यार नसीब में खेलना ही नहीं लिखा है । एक ग्राउंड भी है तो सोसायटी के टच में ।

विवेक : चलो घर चलते हैं । भले बुढ़िया पीटेगी ।

गौतम : खा लेना मार अपनी मां समझ के ।

दिवेश : ठीक है इसका ही नाम दे देंगे उनके ही मोहल्ले में रहता है ना भाडे पर ।

गौतम : अरे में तो मजाक कर रहा था ।

(सत्यम और उमंग , गौतम घर पर सुरक्षित चले गए । बचे सिर्फ में और दिवेश बुढ़िया कुर्सी लगाए बैठी थी । उसका पक्की खबर थी बोल हम दोनों ने ही मारा होगा । अब करें भी तो क्या करें । हम छुपके देख रहे और इंतजार कर रहे थे बुढ़िया कब जाएगी । एक घंटा हो गया पर बुढ़िया गयी नहीं । मैंने भी कहा अपने दोस्त दिवेश से । दिवेश चलते हैं जो होगा

देख लेंगे । हम दोनों गए और जिसका डर था वही हुआ । बुढ़िया ने हम दोनों को देख लिया दिवेश के हाथ में उसका बैट था फिर बुढ़िया ने हमें बुलाया । बुढ़िया गुजराती थी । लेकिन हमसे हिंदी में बात करती थी । बुढ़िया का शुभ नाम जानते हैं । बुढ़िया का शुभ नाम आरती था । बुढ़िया कि हाइट चार फुट ही थी ।)

आरती बुढ़िया : इधर आओ दोनों । कहां से आ रहे हो ।

दिवेश : बा हम मार्केट गए थे । मम्मी ने कहा था धनिया लाने को । (बा एक गुजराती शब्द है । बुढे और बुढ़िया को गुजरात में दादा और बा कहकर बुलाते हैं)

आरती बुढ़िया : तो दिकरा धनिया कहा पर है । मार्केट में

नहीं मिला ।

विवेक : आज नहीं मिला हमने बहुत ढुंढा । फिर एक सब्जी वाले भैयाजी ने कहा धनिया का फ़सल ख़राब हो गया है इसलिए एक दो दिन धनिया नहीं मिलेगा ।

आरती बुढ़िया : अच्छा तो दिवेश ये बैट लेकर कहा गए थे ।

(मुझे लगा कि अब हम दोनों गए काम से लेकिन दिवेश ने बचा लिया)

दिवेश : मुझे इस बैट पर स्टिकर लगवाना था लेकिन स्टेशनरी वाले कि दुकान बंद थी ।

(बुढ़िया को सभ मालूम था । वो हमारे रघ - रघ से वाकिफ थी । उसने दिवेश के हाथ से बैट छिनकर दिवेश को दिया हेड शोर्ट और फिर मैंने बुढ़िया से कहा बा वो देखो आपकी बेटी आपको बुला रही है । बुढ़िया ने पीछे मुड़कर देखा कोई भी नहीं था। में और दिवेश वहां से जोर से भागे । बुढ़िया अब हमारे पीछे - पीछे आने लगी । दिवेश को ज्यादा जोर से नहीं लगा ।)

विवेक : दिवेश सुन अगर हम अपने घर में घुसे तो बुढ़िया भी आएगी । चल दो बाथरूम है जल्दी से छुप जाते हैं । वरना बुढ़िया घर जाकर चापलूसी करेगी तो और मार पड़ेगी ।

दिवेश : हां चल जल्दी से छुप जाते हैं ।

(बुढ़िया हमारे पीछे - पीछे आई मगर हम दोनों तो छुपे हुए थे । उसे हम मिले ही नहीं और बुढ़िया ने बोल को सीढ़ी पर रखा ओर अपने घर चली गई । बुढ़िया के जाने के बाद मैंने पहले अपना बोल ले लिया वरना मेरा दस रूपए का नुक्सान हो जाता ।)

विवेक : आज तो बच गए ।

दिवेश : आज बच गए ।

(फिर घर जाकर खाना खाया और मस्त मजा से सो गए लेकिन आप सभी को पता है हर एक फ्रेंड कमिना होता है । दोपहर को 2 बजे मुझे उमंग बुलाने आया । में उठा लेकिन मम्मी ने दिया जवाब)

उमंग : विवेक चल खेलने चलते हैं ।

मेरी मां : विवेक अभी नहीं जाएगा । सो रहा है । चार बजे के बाद जाएगा । इतना धुप में क्रिकेट नहीं खेलेगा । तुम भी जाओ सो जाओ । चार बजे के बाद आना ।

उमंग : ठीक है आंटी ।

(में इशारे से कहता चल आ रहा हूं । उमंग के जाने के बाद ।)

विवेक : मां में जाऊं खेलने ।

मेरी मां : नहीं जाकर दिखा फिर तेरा हाथ और पैर दोनों तोड़ दुंगी ।

(अब तो मुझे पक्का यकीन हो गया था, मां मुझे जाने नहीं देंगीं । फिर एक आखिरी रास्ता था ।)

विवेक : में जानता हूं आप मुझे प्यार नहीं करते हो । आप सिर्फ दीदी और भईया को प्यार करती हो ।

मेरी मां : वो में जानती हूं । सभ बहाना है तेरा लेकिन इतनी धुप में क्रिकेट खेलने जाएगा । काला हो जाएगा इसलिए नहीं जाना । चुपचाप सो जा ।

विवेक : ठीक है मां में सो जाता हूं । आज के बाद कभी क्रिकेट खेलने नहीं जाऊंगा । कभी भी नीचे ही नहीं जाऊंगा ।

मेरी मां : तब तो और अच्छा है । तु सो जा । सारा सामान मेरी बेटी लेकर आ जाएगी ।

(10 मिनट मस्का लगाने के बाद)

विवेक : मां जाने दो ना

मेरी मां : ठीक है जा लेकिन भईया आए उससे पहले आ जाना वरना मारेगा भईया तुझे।

विवेक : ठीक है मां ।

(में गया पहले दिवेश को बुलाकर लाया । वो भी मेरे साथ नीचे आया । बुढ़िया को दोपहर को भी शांति नहीं थी । बुढ़िया मस्त कुर्सी लगाकर अखबार पढ रही और चाय कि चुस्की ले रही थी ।)

विवेक : उमंग यार रहने देते हैं । बुढ़िया बैठी है ।

दिवेश : हां उमंग जाकर सो जाओ । सुबह ही बुढ़िया ने मुझे मेरे ही बैट से मारा ।

उमंग : क्या बात है यार तुझे बुढ़िया बहुत ही प्यार करती है ।

दिवेश : एक बार उसके सामने जाकर बोल दे । आज सुबह बोल मारा था है हिम्मत ।

उमंग : में नहीं जाऊंगा अंडर टेकर से मार खाने ।

विवेक : ये बुढ़िया है तो खेल होगा नहीं उससे अच्छा में सो जाता हूं ।

दिवेश : अरे यार रूक जा । क्रिकेट नहीं तो छुपन - छुपाई खेल लेते हैं ।

विवेक : हां अब बस वही पर रह गया है । अबे गधे अगर हम कहीं छुपने जाएंगे किसी के घर में या गली में तो अगर किसी ने देखा तो हमें पुछेंगे इधर क्या कर रहे हैं अगर किसने ऐसा समझ लिया कि हम चोरी करने आए तो फिर क्या करेंगे । मामला फिर गर्म हो जाएगा ।

दिवेश : हमारे नसीब में खेलना ही नहीं लिखा है कुछ भी करने जाओ या कुछ भी खेलने जाओ पनौती लग ही जाता है ।

उमंग : एक काम करते हैं सबसे अच्छा वडा पाव खाने चलते हैं ।

सत्यम : पांगल है क्या तू इतनी गर्मी में वडापाव खाएगा ।

गौतम : मैं जानता था यह पहले से ही पागल है जैसे इसके दादा पागल वैसे यह भी पागल ।

उमंग : एक पागल ही पागल को समझ सकता है गौतम ने मुझे समझ लिया ।

गौतम : चल हवा आने दे ।

विवेक : अभी तो बहुत - बहुत ज्यादा हवा आएगा इतना हवा आएगा कि तुम सब को भागना पड़ेगा इधर से । दिवेश आज भाकरी और बैगन की सब्जी खा कर आया है और साथ में छाछ पी कर आया है तो इसका खाना पचने ही वाला बस इसे थोड़ा सा गैस हो गया है ।

दिवेश : यार मेरी भी इज्जत होती है कि नहीं । जहां भी मन करे कहीं भी उड़ा दो मेरी इज्जत ।

विवेक : मेरे पास एक और आईडिया है । मेरे घर चलो हम सभी छत पर बैठकर अंताक्षरी खेलेंगे इसमें किसी को भी डिस्टर्ब नहीं होगा कोई हमें नहीं भगाएगा ।

उमंग : हां यही ठीक रहेगा कोई हमें डिस्टर्ब नहीं करेगा ।

(हम सभी आ गए मेरे छत पर)

विवेक : ठीक है तो टीम बना लेते हैं । मैं और दिवेश एक टीम में । सत्यम , गौतम और उमंग तुम तीनों एक टीम में मंजूर है ।

उमंग : अरे हम तीन बहुत काफी है तुम दोनों के लिए ।

विवेक : पहले गेम का नियम तो सुन ले फिर बोलना हम तीन काफी है । हमें अंताक्षरी में बॉलीवुड के गाने नहीं गाने हमें गाना सिर्फ बुढ़िया के बारे में गाना । सिर्फ और सिर्फ बुढ़िया के ऊपर गाना गाना है । तो सभी तैयार रहे । पहले हम गाते हैं । चल दिवेश हमारी तरफ से तू गा । हमें बॉलीवुड की म्यूजिक को यूज़ कर बुढ़िया के ऊपर गाना बनाना है और हमें लास्ट में बताना है कि हमने कौन सा म्यूजिक यूज़ करके बुढ़िया पर गाना बनाया है ।

दिवेश : यह बुढ़िया कब जाएगी मेरे यार सजना

इसका उम्र हो गया है पार सजना

बुढ़िया को भगाओ सजना । बुढ़िया को भगाओ सजना ।

*यह गाना (हो गया है तुझको प्यार सजना)फिल्म दिलवाले दुल्हनिया ले जायेंगे का है ।

विवेक : चल उमंग अब तुम्हारी बारी कम ऑन तुम कर सकते हो ।

उमंग : तुम मानो या ना मानो दिवेश पर बुढ़िया का दिल है आ गया ।

ये बुढ़िया हाय अल्लाह हाय हाय रे अल्लाह ।

ये बुढ़िया हाय अल्लाह हाय हाय रे अल्लाह ।।

*ये गाना फिल्म कभी खुशी कभी गम का है । (गाना : ये लड़का हाय अल्लाह हाय हाय रे अल्लाह)

सत्यम : उमंग ने तो मंच पर आग लगा दी गीत गाकर । विवेक अब तुम्हारी बारी ।

विवेक : क्रिकेट बुढ़िया हमको खेलने नहीं देती है ।

जब-जब ग्राउंड में जाते वह टपक जाती है ।

हम तो खेलने अब जाएं कहां पर ।

बुढ़िया नहीं मानती बस बैठी रहती कुर्सी लगाकर।

एक भगवान से खैर मंगदी ।

बस बढ़िया को उठा लो मेरे भगवान ।

एक मेरी खैर मंगदी ।।

बस बढ़िया को उठा लो मेरे भगवान

एक मेरी खैर मंगदी मैं ।।

*ये गाना एक एलबम है गाने का नाम एक तेरी खेर मंगदी

दिवेश : वाह क्या गीत गया है मेरे दोस्त ने एक जोर कि तालिया तो बनता है । चलो अब तुम लोग गाओ ।

सत्यम : बुढिया बड़ी हारामी है ।

हम सभ के घर पर चापलूसी करने जाती है ।

 बातों - बातों में हमको वह धमकी देती रहती है ।

हो हो हो हो हो ।।

* ये गाना कुछ कुछ होता है फिल्म का है । (गाने का नामः लड़की बड़ी अंजानी है)

उमंग : अरे धीरे-धीरे गा वरना बुढ़िया सुनेगी तो तुझे कच्चा चबा जाएगी । मेरे को बुढ़िया से बहुत डर लगता है ।

विवेक : रुको रुको मैं पहले सत्यम से कुछ कहना चाहता हूं ।

बुढ़िया का घर तो नीचे है ।

बुढ़िया का कान तो इधर है ।

बुढ़िया तेरा गीत सुनेगी तब तू बराबर लेवाएगा ।

हो हो हो हो हो हो हो हो हो ।।

गौतम : अरे यार नहीं लेवाएगा सत्यम चलो अब तुम लोग गाओ अब तुम्हारी बारी है ।

विवेक : ये गाना में अपने दोस्त दिवेश के लिए गा रहा हूं , ध्यान से सुनना सभी ।

बुढ़िया - बुढ़िया दिवेश को पुकारे उसकी प्यारी बुढ़िया ।

बुढ़िया के हाथों में तु बैट दे के आ रे ओ ओ ओ ।

बुढ़िया हमारी दिवेश पुकारे उसकी प्यारी बुढ़िया .।

*ये गाना फिल्म आरजु का है जिसमें में माधुरी दीक्षित है । (गाना का नाम : साजन साजन तेरी दुल्हन)

(छत पर आए एक आंटी हमारा पागलपन देख रही थी और सुन रही थी । फिर हमसे कहने लगी ये तुम लोग क्या कर रहे हो जाकर सो जाओ अभी और सोने दो हमें मैं नीचे से ऊपर आखिर कौन गीत गा रहा है वह भी दोपहर के समय चलो भागो । कहते हैं नसीब का साथ नहीं तो हमारा भी साथ नहीं । हम भी जाकर सो गए . लेकिन अंताक्षरी खेलने में बहुत

मजा आया है ।)

(अगले ही दिन बुढ़िया के पोते का जन्म दिन था और बुढ़िया ने हमें बुलाया नहीं । हम इंतजार में बैठे थे बुढ़िया अब हमें बुलाएगी । हमें भी केक खाने का बेसब्री से इंतजार था । हम भी कुछ कम नहीं थे । बिन बुलाए ही बुढ़िया के घर पर चले गए । वहां पर एक अंकल खड़े थे हमने उनसे कहा अंकल हमें भी नाश्ता दे दो । अंकल ने हम पांचों को नाश्ता दे दिया और जब वहां से जाने लगे तब बुढ़िया ने देख लिया । बुढ़िया कहने लगी रुको किसने कहा तुम्हें नाश्ता ले जाने को ।

हम इतनी रफ्तार में भागे बिचारा हमारा दोस्त उमंग नाश्ता का डिस लिए ही सीढ़ी पर से गिर गया लेकिन ज्यादा चोट नहीं लगा । हमें अफसोस उसके लिए नहीं था कि हमारा दोस्त सीढ़ी से नीचे गिर गया । हमें अफसोस सिर्फ इस बात का था बिचारे का केक और नमकीन नीचे गिर कर खराब हो गया । ये दिन भी बित गया । अगले दिन हमने प्लानिंग बनाया मंदिर में घुमने जाएंगे । हमारे सोसायटी में ही मंदिर था । हमारे सोसायटी में करीब 500 से ज्यादा घर था । भुल बुलाया कि तरह हमारा गोकुल नगर सोसायटी था । सुबह के सात बज रहे थे और हम सभी दोस्त नहा-धोकर तैयार थे ।)

विवेक : चलो आज पहली बार तो जल्दी उठे । नहीं तो कभी सात बजे नहीं उठते थे । में रोज 8 : 30 में उठता था ।

उमंग : भाई में तो हर रोज सुबह 6 बजे उठ जाता हूं , अपने दादाजी के साथ व्यायाम करने जाता हूं ।

सत्यम : चल उस में कोई नया बात नहीं है । में हर सुबह 4 बजे दौड़ने जाता हूं ।

विवेक : अरे यार फेकम - फेंकी कम करो अब चलो ।

(मंदिर जाकर हमने भगवान के दर्शन किए । आते वक़्त हमने कुछ ऐसा देखा की उसी के बारे में सोचने लगे काश कोई हमें भी ऐसा कहता ।)

विवेक : देख रहे हो । यहां कि आंटी कितनी अच्छी है । सभी बच्चे क्रिकेट खेल रहे हैं लेकिन इन्हें कोई भी नहीं डांटता है ।

गौतम : सिर्फ हमारे साइड हि ऐसे लोग हैं जो हमें क्रिकेट खेलने नहीं देते हैं ।

(फिर मेरी दिमाग कि बत्ती जली मैंने कहा .)

विवेक : सुनो अब हम क्रिकेट मेरे छत पर खेलेंगे ।

गौतम : अरे लेकिन मजा नहीं आएगा । छोटा सा तो छत है ।

उमंग : छत पे खेलेंगे तो अगर बोल नीचे गया तो बार बार लाने कौन जाएगा । बोल लाते थक जाएंगे ।

विवेक : आराम - आराम से खेलेंगे । प्लेड- प्लेड खेलेंगे नो प्रोब्लम । आज 9 बजे से खेलेंगे आ जाना सभ मेरे घर ।

दिवेश : खेलने में दिक्कत होगा छत पर किसी आंटी ने अगर रस्सी पर कपड़े सुखने के लिए रखें होंगे तब क्या करेंगे ।

विवेक : तब हम कपड़ा को एक साइड कर देंगे कोर्नर पर ताकि बोल भी ना जाए और हम आराम से क्रिकेट भी खेल लेंगे लेकिन एक रिक्स लेना पड़ेगा । एक बात का ध्यान रखना जो भी बैटिंग कर रहा होगा वो भुल के भी बोल को नहीं छोड़ेगा वरना बोल जाएगा तीसरे मोहल्ले से नीचे और फिर नीचे से बुढ़िया बोल ले लेगी अगर उसे लगा भी ना हो तभी बोल लेगी और नहीं लगेगा तभी बोल लेगी ।

सत्यम : चलना भाई सभ चलेगा नहीं जाएगा बोल । कम से कम शांति से खेलने को मिलेगा । मैं 9 बजे आ जाऊंगा ।

(9:00 बजे मेरे सभी दोस्त मेरे घर आ गए । हमारा घर भी इतना कुछ खास बड़ा नहीं था । मेरे घर में टोटल 5 लोग रहते थे । मैं था और मेरी दीदी और उससे भी बड़े मेरे भईया और सबसे छोटा में और मेरे माता पिता । मेरा घर तीसरे मोहल्ले पर था । घर का जो छत था वो पतरे का था । सिंगल रूम था पर थोड़ा छोटा था मगर अच्छा था । छत बहुत बड़ा था रात को सोने के लिए आते थे मोहल्ले के लोग ।)

विवेक : ध्यान रखना ज्यादा आवाज नहीं होना चाहिए और बोल नीचे नहीं जाना चाहिए वरना बुढ़िया कच्चा खा जाएगी ।

(बुढ़िया तो पहले से ग्रहण थी और हमारे मोहल्ले में मकान मालिक की बेटी उसका नाम चंपा था सभी उसे प्यार से चंपाबेन बुलाते थे उनका ही बेटा दिवेश मेरा दोस्त था और अभी भी है । छत के ठीक नीचे दूसरे महाले पर वो रहती थी । कुछ भी अगर आवाज आता छत से तो वह ऊपर आ जाती थी । जो छत पर खेलता आवाज करता उसको वह डांटती थी । लेकिन हम हर दिन चुपचाप और शांति से क्रिकेट खेलते थे ।

हम लगातार तीन-चार दिन छत पर क्रिकेट खेले । एक दिन क्या हुआ जब खुद चंपा मासी कपड़ा डालने के लिए छत पर आए और उन्होंने हमें रंगे हाथ पकड़ लिया और पहले तो बहुत चिल्ला है इधर खेलना मत और इधर अपने दोस्तों को भी लेकर मत आना । वह मजबूर थी लेकिन हम मजबूर नहीं थे 1 दिन डांटा अगले दिन फिर से शुरू हो गए हम ।)

विवेक : देखो क्रिकेट खेलना है तो अब कोई आवाज मत करना और रन मत दौड़ना क्योंकि जब हम दौड़ेंगे तब आवाज नीचे जाएगी और नीचे जाएगी तो दिवस की मम्मी आएगी फिर वह हमें खेलने नहीं देगी ।

सत्यम : पहले टीम बना लेते हैं । दिवेश और विवेक कप्तान रहेंगे चलों टिम बनाओ दोनों । हम चार में से कोई एक डब्ल्यू रहेगा ।

विवेक : मैं टीम नहीं बनाऊंगा और नहीं कप्तान रहूंगा । गौतम और उमंग कप्तान रहेंगे वही दोनों टीम बनाएंगे नहीं तो मैं और गौतम टीम बनाएंगे ।

सत्यम : नहीं तुम और गौतम टीम नहीं बनाओगे क्योंकि मैं जानता हूं अगर टोस तू जीता तो तू पहले दिवेश को मांगेगा हमको वो जमेगा नहीं ।

विवेक : मैं और उमंग टीम बनाते हैं । चल में मांगता हूं गौतम को अब तु मांग ।

उमंग : मेरे में दिवेश ।

विवेक : सत्यम डब्ल्यू । पहले हमारी बैटिंग और जीत का दाव रहेगा । अनलिमिटेड ओवर जब तक हमें ओल आउट नहीं करते ।

उमंग : ठीक है चल तुझे बैटिंग दिया ।

विवेक : पहले कुछ नियम तो सुन ले ,आज नया नियम लागू होगा । पहला नियम जिसने बोल को जोर से हिट किया और बोल गया बहुत दूर तो बोल वह लेने नहीं जाएगा .।

दिवेश : तो कौन जाएगा ?

विवेक : फिल्डर जाएंगे । दूसरा नियम अगर गलती से किसी ने बाउंसर डाला और बोल गया गुड़िया के घर पर तो उसे बोल का पैसा देना पड़ेगा .। अगर बाई चांस बुढ़िया का सर फूटा तो बुढ़िया की मरहम पट्टी उसी को करवानी पड़ेगी .।

उमंग : ठीक है मंजूर है ।

विवेक : तीसरा नियम । यह नियम बहुत खास है अगर मैं बैटिंग कर रहा हूं और गलती से सामने कि टीम के कप्तान को बोल लग गया तो 10 रन .।

उमंग : भाई यह कौन सा नियम है । मुझे मंजूर नहीं भाई ऐसा नियम मैंने तो असली क्रिकेट में भी नहीं देखा. ।

विवेक : रहने देते हैं आज क्रिकेट नहीं खेलेंगे चलो घर पर जाकर सो जाओ ।

उमंग : अरे दिवेश रहने देना एक तो खेलने को मिल रहा है और ऊपर से तू नाटक कर रहा है बनाने दे इसको नियम हमको भी तो नियम का फायदा होगा ना अगर यह हमें मारेगा तो हम भी इसको बोल मार के 10 रन ले सकते. ।

(5 मिनट खेलने के बाद गौतम को नेचर कॉल आया । उसको जोर से दो नंबर लगा था । उसने पहले हमसे कहा.)

गौतम : विवेक तू खेल मैं जरा आता हूं शायद मेरी मम्मी मुझे बुला रही है ।

(हमें वह साफ - साफ नहीं कह रहा था कि उसे हगने जाना है । हमने भी उसे जाने नहीं दिया । दिवेश कहने लगा भाई तू हमारी बैटिंग देकर जाना बिना बैटिंग दिए हम तुझे जाने नहीं देंगे । फिर गौतम हमसे बहाना करने लगा मेरा पेट दर्द हो रहा है मैं साइड में बैठ रहा हूं । मैंने कहा ठीक है साइड में बैठ जा । गौतम बिचारा 10 मिनट तक अपने आप को कंट्रोल किया बाद में उसने बैठे-बैठे ही छत पर हग दिया . ।

बिचारा मजबूर था और उसने पेंट में ही अपना काम कर लिया ओर जब गौतम खड़ा हुआ । तब लंगड़ाते - लंगड़ाते चल रहा था । हमने कहां क्या हुआ गौतम तुझे ।)

गौतम : अरे बस पेट दर्द और पैर दर्द हो रहा है । अब लगता है मुझ चला नहीं जाएगा ।

उमंग : मुझे लगता है , ये एक जगह बैठा था इसलिए इसकी पैर कि नस दब गई है इसलिए पैर में झनझनाहट महसूस हो रही है रूक में तेरे पैरों कि मालिश कर देता हूं ।

गौतम : (घबराते हुए) नहीं नहीं यार में ठीक हूं ।

(उमंग बहुत जोश में गया और उसने उसकी पैर की मालिश की और तभी उसके हाथ में पीला पीला कुछ लग गया । उमंग का पोपट हों गया ।)

सत्यम : गौतम ने पेंट में हग दिया है । अरे बाप रे इतना बड़ा होकर चडी में हग दिया "छीछी".

विवेक : उमंग धन्य हो गया उसके हाथों में पोटी लग गई । उमंग जाके हाथ धो ले और गौतम फ्रेश होकर आ जा ।

(हमारी कहानी ऐसी ही चलती रही । हम बहुत पक चुके थे , अब कुछ नया करना था । रोज रोज क्रिकेट खेलना मजा नहीं आता । अब करें भी तो क्या करें । बस एक बुढ़िया ही थी जिससे हमारा मन लगता था । हमने सोचा कि बुढ़िया के पास जाए लेकिन हम जाने से कतराते थे ।)

एक दिन हमारे सोसायटी में एक 22 साल के लड़के का जन्म दिन था । तो उसके दादाजी पुरी सोसायटी में गुंदी और गाठीया दे रहे थे । हम सभी कि नज़र पड गई । हमने क्या किया एक बार लेके आ गए फिर सोचा दुबारा जाएं लेकिन बुढ़वा भगा देता । हम भी कुछ कम नहीं थे कपड़ा बदल कर गए , मुंह पर रूमाल बांध के पहले तो बुढ़वा देखता रहा कौन है भाई लेकिन हम फटा फट लेके निकल गए ।

हमारा दिन ऐसे ही कटता रहा तभी कहानी में एक नया ट्विस्ट आया मेरे दोस्त उमंग के घर उनके फूफा जी और अंकल आंटी आए थे . मेरे दोस्त के फूफा जी बहुत पढ़े लिखे थे . कोई भी बच्चा उन्हें मिलता तो वह सवाल पूछना शुरु कर देते , इतना सवाल पूछते इतना सवाल पूछते एक बार शुरू करते तो खत्म ही नहीं होता बच्चे ही भाग जाते हैं . हम चारों दोस्त भी अपने दोस्त के घर जा पहुंचे , उमंग के फूफा जी ने हमको देखा और बुलाया .

विवेक : हेलो अंकल कैसे हो मेरा नाम विवेक है और आपका ?

संजय : मेरा नाम संजय . तुम अभी क्या करते हो

विवेक : मैं आजकल मजाक करता हूं .

संजय : अच्छा ऐसी बातें वाह तुम यह भी काम अच्छा कर लेते हो . कहां से मिला तुम्हें इतना महान नॉलेज .

विवेक : कुदरत का दिन है कैसे भुला जाऊं मैं .

संजय : कौन सी क्लास में पढ़ते हो ?

विवेक : 4 थी क्लास में पढ़ता हूं .

संजय : बहुत बढ़िया काफी होशियार दिख रहे हो तुम .

विवेक : वह तो मैं बचपन से ही हूं .

संजय : मैं तुमसे कुछ सवाल पूछूं जवाब दे पाओगे उसका या फिर रहने दो तुमसे ना पूछूं .

दिवेश : संजय अंकल पहले आप तो बताइए आप कहां तक पढ़े हैं .

संजय : बातों बातों में तुम्हें बताना भूल गया । मैंने पोस्ट ग्रेजुएशन कंप्लीट किया है और मैं एक वकील हूं .।

विवेक : इसीलिए हमारे साथ वकालत कर रहे हो अंकल .

संजय : नहीं मैं वकालत नहीं कर रहा हूं . मैं देख रहा हूं आजकल के बच्चों को पढ़ने में ज्यादा ध्यान नहीं देते सिर्फ मोबाइल मोबाइल !!और खेलना कूदना बस इसी में इंटरेस्ट रखते हैं . लगता है तुम चारों डर गए क्या मेरे सवाल से इसलिए मुझे कब से घुमा रहे हो गोल - गोल .

गौतम : अरे अंकल सवाल पूछो ना बिंदास .

संजय : पहला सवाल भारत कब आजाद हुआ था ?

दिवेश : देखिए अंकल मैं आपको एक बात कहना चाहता हूं जब भारत आजाद हुआ था तब तो हम थे नहीं तो इसका जवाब नहीं दे सकते आई एम सॉरी . प्लीज चेंज द क्वेश्चन ?

गौतम : मुझे पता है भारत कब आजाद हुआ था लेकिन मैं क्यों बताऊं . मैं जवाब बताने के लिए कुछ रिश्वत लेता हूं अगर अंकल देंगे तो मैं बोलूंगा .

संजय : कितना चाहिए तुझे बोल ?

गौतम : ₹20 रुपए चाहिए .

संजय : ठीक है तुझे ₹20 दिया . ये ले तेरे ₹20 रुपए अब जवाब दे .

गौतम : भारत 26 जनवरी 1945 में आजाद हुआ था . क्या बोला था मैंने जवाब मुझे आता है बोल दिया ना . अब मेरा कोई जवाब कॉपी मत मारना .

संजय : कहां पर तुमने पढ़ा था कि भारत 26 जनवरी 1945 को आजाद हुआ था . मैंने तो आज तक ऐसा कभी भी नहीं पढ़ा ,तुमने कौन सी किताब में पढ़ लिया भाई . गलत जवाब है कोई है जो बता सकता है .

विवेक : अगर आप में दम हो तो यही सवाल अपने उमंग भतीजे से पूछिए ना .

(जेनिल ने मुझ से कहा भाई तेरा स्टोरी कब खत्म होगा । मैंने कहा उनके आने से पहले मेरी स्टोरी खत्म हो जाएगी)

संजय : उमंग बता देगा इसका सही जवाब वह तुमसे ज्यादा होशियार है . उमंग बेटा जवाब बोलो .

उमंग : मुझे इसका जवाब नहीं आता है . लेकिन मैंने कहीं पढ़ा था अभी याद नहीं आ रहा है .

विवेक : वो सब कुछ बहाना है तुझे इसका उत्तर आता ही नहीं है . तब तेरे फूफा जी बोल रहे थे सबसे ज्यादा होशियार मेरा उमंग है . तु बहुत ज्यादा होशियार निकला .

संजय : उमंग बेटा तुमसे यह उम्मीद नहीं था इतना आसान से सवाल का जवाब तुम नहीं दे पाए .

विवेक : मैं बताता हूं इसका सही जवाब . शायद मेरे ख्याल से भारत 15 अगस्त को आजाद हुआ था लेकिन कौन से सन में हुआ था वह मुझे नहीं पता है .

संजय : तुम्हें भी नहीं आता .

विवेक : अरे अंकल अभी मैं बच्चा हूं धीरे-धीरे सब कुछ जान जाऊंगा , पर मुझे पता तो है कि भारत 15 अगस्त को आजाद हुआ था और इनको तो इतना भी नहीं पता है . हर साल

15 अगस्त स्कूल में मनाया जाता है .

दिवेश : तो आप ही विस्तार में बता दें कि भारत कैसे और कब आजाद हुआ था .

संजय : ध्यान से सुनो मेरी बात को . भारत को आज़ादी दिलाने के लिए बहुत से क्रांतिकारी शहीद हो गये. अगर उन्होंने अपनी कुर्बानी नहीं दी होती तो आज भी हम अंग्रेजो के गुलाम होते. गुलामी ही हमारे देश में गरीबी का कारण है, भारत का काफी समय तक शोषण हुआ जिस वजह से विकास में काफी समय लगा. कभी इस देश को सोने की चिड़िया कहा जाता था लेकिन गुलामी के बाद से लगभग सब कुछ बदल गया. लेकिन फिर भी हार ना मानते हुए आज़ादी के बाद सभी भारतीयों ने अपनी मेहनत के दम पर दुनियाभर में कामयाबी पाई है. हम सभी को गर्व होना चाहिए की हमने भारत के मिट्टी पर जन्म लिया है.

*भारत कब आज़ाद हुआ था?

भारत 15 अगस्त 1947 में आज़ाद हुआ था. आज से ठीक 72 साल पहले हमारा देश ब्रिटिश हुकूमत से आजाद हुआ. ब्रिटीशर्स ने भारत पर लगभग 200 साल तक शासन किया, ना जाने कितने लोग शहीद हुए तब जा कर भारत को आज़ादी मिली.

*भारत कैसे आज़ाद हुआ?

आप में से बहुत लोग यह सवाल भी जानना चाहते होंगे की भारत अंग्रेजो का गुलाम कैसे बना तथा किस प्रकार भारत को आज़ादी मिली. इसकी शुरुवात 1600 में ईस्ट इंडिया कंपनी की स्थापना के साथ हुई. ईस्ट इंडिया कंपनी ने भारत के मुगल बादशाह जहांगीर से इजाजत लेकर इस कंपनी का आरंभ किया. कंपनी का गठन मसाले के व्यापार के लिए किया गया था. लेकिन समय के साथ इसने कपास, रेशम, चाय, नील और अफीम का भी व्यापार शुरू कर दिया. बाद में कंपनी ने भारत के लगभग सभी क्षेत्रों पर अपना सैनिक तथा प्रशासनिक हक जमा लिया था.

ईस्ट इंडिया कंपनी ने भारतियों पर अपना अत्याचार शुरू कर दिया. भारत लगभग अपना अधिकार खो चुका था प्रशासन तथा सेना भी अंग्रेजो के हाथ में आ गयी थी. अंग्रेजो ने अपना अत्याचार जारी रखा और लोगो का शोषण करते रहे. भारत में लोग गरीबी से मर रहे थे वही दूसरी तरफ अंग्रेज उनसे लगान वसूलने में लगी रही. इस परिस्थिति को देखते हुए क्रांतिकारी जन्म ले चुके थे और युद्ध की तैयारियां होने लगी. यह सब देखते हुए ब्रिटेन की महारानी ने ईस्ट इंडिया कंपनी से भारत पर राज करने का अधिकार वापस ले लिया. सन 1858 में 'गवर्नमेंट ऑफ इंडिया एक्ट 1858' पास कर दिया गया. अब ब्रिटिश क्राउन का भारत पर सीधा नियंत्रण हो गया, जिसे ब्रिटिश राज के नाम से जाना जाता है.

ईस्ट इंडिया कंपनी ख़तम होने के बाद भारत में विकास दिखने लगा. सबसे पहले न्याय व्यवस्था स्थापित करने के लिए सुप्रीम कोर्ट का गठन किया गया. इसके बाद हावड़ा-कोलकाता से रानीगंज की 120 किमी लंबी रेल लाइन बनाने का फैसला लिया गया. इसके अलावा भारत में पोस्टल सिस्टम और टेलीग्राफी की भी शुरुआत की गई. वैसे तो इसमें

अंग्रेजो का ही फायदा था लेकिन देश में विकास देखने को मिल रहा था.

1939-1945 द्वितीय विश्व युद्ध का समय था यह लगभग 6 साल चला. इस युद्ध की शुरुवात तानाशाह हिटलर द्वारा हुई जिसमे लाखों लोग मारे गये. जब 1945 में यह युद्ध समाप्त हुआ उस समय तक ब्रिटेन की आर्थिक हालात काफी दयनीय हो गयी थी. उस समय वे अपने देश पर ही शासन नहीं कर पा रहे थे तो ऐसे में भारत पर शासन करना काफी मुश्किल प्रतीत हो रहा था. उसी समय 1945 में ब्रिटिश चुनाव हुए और लेबर पार्टी की जीत हुई. इस जीत के कारण आज़ादी की रुकावट कम हो गयी. क्योंकि लेबर पार्टी ने अपने मैनिफेस्टो में भारत जैसी दूसरी इंग्लिश कॉलोनियों को भी आज़ादी देने का वादा किया था.

यह निर्णय लिया गया की भारत को 1948 में आज़ादी दी जाएगी. लेकिन उस समय जिन्ना और नेहरू के बीच बंटवारा भी एक मुद्दा बना हुआ था. जिन्ना के अलग देश की मांग के कारण भारत के कई इलाकों में साम्प्रदायिक झगड़े शुरू हो गए थे. हालात ज्यादा ना बिगाड़ें इस कारण से लार्ड माउंटबैटन ने 1948 का इन्तेजार ना करते हुए 1947 को ही आजादी देने का फैसला किया. इस प्रकार भारत और पाकिस्तान अलग हुए तथा एक साथ दोनों को आज़ादी मिली.

लेकिन बहुत से लोग पूछते है अगर पाकिस्तान 15 अगस्त को आज़ाद हुआ तो पाकिस्तान में स्वतंत्रता दिवस 14 अगस्त को क्यों मनाते है. वास्तव में पाकिस्तान को अलग राष्ट्र की स्वीकृति 14 अगस्त को मिल गयी थी. इसी दिन ब्रिटिश लॉर्ड माउंटबेटन ने पाकिस्तान को स्वतंत्र राष्ट्र का दर्जा देकर सत्ता सौंपी थी. साल 1948 में पाकिस्तान में आजादी की तारीख को 14 अगस्त कर दिया गया था. कई मीडिया रिपोर्ट्स के अनुसार उस दिन रमजान का 27वां दिन था. जो इस्लामी कैलेंडर के अनुसार खास और पवित्र दिन माना जाता है.

अब समझे मेरी बात को , भारत कब और कैसे आजाद हुआ था .

गौतम : आपने तो पूरी कहानी सुना दि हमें .

सत्यम : कुछ ज्यादा समझा दिया .

विवेक : अंकल अब हम आपसे कुछ सवाल पूछेंगे आप उसका जवाब देना . पहला सवाल एक हाथी को फ्रिज में कैसे बंद करेंगे .

संजय : यह नामुमकिन है . एक हाथी को फ्रिज में कैसे बंद कर सकते हैं इतना बड़ा तो फ्रीज भी नहीं है . छोटा सा फ्रिज और हाथी इतना बड़ा नामुमकिन इसका सही जवाब है . एक हाथी फ्रिज में बंद नहीं हो सकता है .

विवेक : गलत जवाब दिया अंकल आपने . इसका सही जवाब है , एक हाथी को फ्रिज में दरवाजा खोल कर रख सकते हैं .

संजय : यह कैसा सवाल है . पहली बात हाथी फ्रिज में आ नहीं सकता है .

विवेक : मैंने आपसे यह नहीं पूछा था कि हाथी फ्रिज में आएगा या नहीं आएगा आपसे बस इतना पूछा था कि एक हाथी को फ्रिज में कैसे बंद किया जाए सब मिलाकर आपने उतर

दिया गलत .

संजय : दूसरा सवाल पूछो .

विवेक : दूसरा सवाल अच्छा अंकल बताओ हमें 1 और 1 कितने होते हैं .

संजय : इतना आसान सा सवाल है, एक और एक दो होता है.

विवेक : आपने फिर से उत्तर दिया गलत . एक और एक ग्यारह होते हैं .

संजय : तुम जीतना बातें बनाते हो उतना तुम सभी मेहनत करो जम के .

दिवेश : (हंसते हुए) ये मेहनत क्या होता है .

संजय : अभी समझा देता हूं . तो सुनो

*क्या है परिश्रम

शारीरिक व मानसीक रूप से किया गया काम परिश्रम कहलाता है. ये काम हम अपनी इच्छा के अनुसार चुनते है, जिसे लेकर हम अपने उज्जवल भविष्य की कामना करते है. पहले श्रम का मतलब सिर्फ शारीरिक श्रम होता था, जो मजदूर या लेबर वर्ग करता था. लेकिन अब ऐसा नहीं है, श्रम डॉक्टर, इंजिनियर, वकील, राजनैतिज़, अभिनेता-अभिनेत्री, टीचर, सरकारी व प्राइवेट दफ्तरों में काम करने वाला हर व्यक्ति श्रम करता है.

कामयाब व्यक्ति के जीवन से हम परिश्रम के बारे में अधिक जान सकते है, उनके जीवन से हमें इसकी सही परिभाषा समझ आती है. तो चलिए हम आज आपको कुछ बातें बता रही है, जो मेहनती व्यक्ति अपने जीवन में अपनाता है, और सफलता का स्वाद चखता है. यही बातें/आदर्श हम अपने जीवन में उतार कर सफल हो सकते है.

*समय की बर्बादी न करें

कई लोग आलस का दामन थामे रहते है, वे लोग परिश्रम करने की जगह आराम से धीरे-धीरे काम करके जीवन बिताना चाहते है. परिश्रमी व्यक्ति कभी भी समय की बर्बादी में विश्वास नहीं रखता, वह निरंतर काम करते रहने में विश्वास रखता है. समय की बर्बादी आलसी, लोगों की निशानी है. कई बार ऐसा भी होता है कि परिश्रम करते रहने से भी मन मुताबित फल नहीं मिलता है, या फल मिलने में देरी होती है. लेकिन इस बात से हार मानकर नहीं बैठना चाहिए. परिश्रम व काम पर विश्वास से सही समय पर सही चीज मिल ही जाती है.

* धन के पीछे न भागें

परिश्रम का ये मतलब नहीं है कि, पैसा कमाने की होड़ में लगे रहें. धन हमारी जिंदगी का बहुत बड़ा हिस्सा है, लेकिन धन ही ज़िन्दगी नहीं होती है. धन के पीछे परिश्रम करने से दुनिया की सुख सुविधा तो मिलती है, लेकिन कई बार मन की शांति नहीं मिलती. परिश्रम का ये मतलब नहीं कि आप ज़िन्दगी जीना छोड़ दें, और पैसे कमाने में लग जाएँ. परिश्रम करते हुए, अपने लोगों को साथ लेकर जीवन में आगे बढ़े. ज़िन्दगी जीने का नाम है, यहाँ हर वक्त खुश, मौज मस्ती करते रहँ|

इच्छा अनुसार ही काम चुने – कुछ लोग बेमन से काम करते है, जिससे वे अपना 100% उस काम में नहीं देते है. ऐसे लोग किसी और की इच्छा के अनुसार ये काम चुन लेते है, जिससे उन्हें एक दबाब महसूस होता है, और वे लोग काम में परिश्रम करने की जगह बस नाम के लिए ऐसे ही काम करते है. हमें अपनी इच्छा के अनुसार ही काम करना चाहिए, तभी उसे पुरे मन व लगन से कर पायेंगें. काम में मन लगेगा तभी हम खुद से परिश्रम करने की भी इच्छा रखेंगें.

*असफलता से हार न माने

सफल व्यक्तियों के जीवन को देखें तो जानेगें, उन्हें पहली बार में ही सफलता नहीं मिली थी. निरंतर प्रयास से वे अपने मुकाम तक पहुंचे थे. उदाहरण के तौर पर अगर शाहरुख खान फिल्मों में आने से पहले ही ये सोच लेता कि उसे यहाँ काम मिलेगा ही नहीं तो वह आज इतना बड़ा स्टार न बनता. अगर धीरुभाई अम्बानी उस छोटी सी कुटिया में बस बैठे रहते, मेहनत न करते तो आज इतना बड़ा अम्बानी का कारोबार न होता. अगर अब्राहम लिंकन परिश्रम न करता, स्ट्रीट लाइट में बैठकर पढ़ाई न करते तो वे अमेरिका के राष्ट्रपति कभी न बन पाते. नरेंद्र मोदी जी परिश्रम न करते तो आज चाय की ही दुकान में बैठे होते.

ये महान हस्तियाँ हमें यही सिखाती है कि हार कर घर नहीं बैठो, बल्कि उठो आगे बढ़ो, क्यूंकि हर सुबह उम्मीद की एक नयी किरण लाती है. हमें नया दिन मिला है, मतलब परमेश्वर के पास अभी भी हमारे लिए एक अच्छी योजना है, जो हमारे भलाई के लिए है, न कि हमें नष्ट करने के लिए. परिश्रम के बल पर दुनिया में हर चीज संभव है.

परिश्रम से एक न एक दिन सफलता जरुर मिलती है – आज हम अगर विज्ञान के इतने चमत्कार देख पा रहे है, तो ये मानव जाति के परिश्रम का ही फल है. विज्ञान की तरक्की की वजह से आज हम चाँद में अपना कदम रख चुके है, व मंगल गृह पर अपना घर बसाने वाले है. देश विदेश में तरक्की भी वहां रहने वाले नागरिकों की वजह से होती है. पूरी दुनिया में विकसित व विकासशील देश है. ये सब परिश्रमी व्यक्तियों की वजह से ही यहाँ तक पहुँच पायें है. अमेरिका, चीन, जापान जैसे देशों के साथ आज हमारे भारत का नाम भी लिया जाता है, जो जल्द ही विकसित देशों की लिस्ट में आने लगेगा. जापान में हुए परमाणु बम विस्फोट के बाद, कुछ साल पहले आये विशाल भूकंप के बाद उसके अपने आप को फिर खड़ा किया, ये सब परिश्रम की वजह से संभव हो सका है.

* परिश्रम के फायदे

आपको जीवन की सारी सुख सुविधा मिलेंगी, लक्ष्मी की प्राप्ति होगी. आज के समय में धन जिसके पास है, वो दुनिया की हर सुख सुविधा खरीद सकता है.

परिश्रम से मानसिक व शारीरिक चुस्ती मिलती है. आज के समय में परिश्रम नहीं करने पर बहुत सी बीमारियाँ शरीर में घर कर लेती है. इसलिए फिर तंदरुस्ती, स्फूर्ति के लिए शारीरिक श्रम करने को बोला जाता है, जिस वजह से लोग फिर जिम में भी समय बिताने लगते है. मानसिक विकास के लिए उसका परिश्रम करते रहना बहुत जरुरी है, इसी के द्वारा

लोगों ने नए नए अनुसन्धान दुनिया में किये है.

परिश्रम से हमारे जीवन में व्यस्ता रहती है, जिससे किसी भी तरह की नकारात्मक बातें हमारे जीवन में नहीं आ पाती, व इससे मन अंदर से शांति महसूस करता है.

परिश्रमी व्यक्ति हमेंशा सफलता की ओर अग्रसर रहता है, और समय समय पर उसे सफलता का स्वाद भी चखने को मिलता है.

दिवेश : अंकल अगर हम परिश्रम ना करें तो क्या होगा ?

संजय : हां बहुत अच्छा सवाल है , अगर हम मेहनत ना करें तो क्या होगा .

* परिश्रम नहीं करने से क्या होगा

जीवन में परिश्रम करना बहुत जरूरी है अगर हम आलस करते है और परिश्रम से दूर भागते है तो अपने जीवन में कभी हम सफल नही हो पायेंगे. हमें हमेशा गरीबी में ही अपना जीवनयापन करना पड़ेगा और हो सकता है एक दिन हम भूख से मर जाएँ. हमें अनेक ग्रन्थों में लिखा हुआ मिलता है की परिश्रम ही सफलता की कुंजी है, अगर हम परिश्रम नहीं करेंगे तो एक दिन हमारा आस्तित्व खत्म हो जाएगा. लोग हमसे बात करना नहीं चाहेंगे और हो सकता है आपको दुनिया के तानो से तंग आकर अपने आप को मिटाना पड़ें, यानि ख़ुदकुशी करनी पड़े. इसलिए अपने जीवन में सफलता पाने के लिए परिश्रम बहुत जरूरी है.

आलसी व्यक्ति हमेंशा दुखी, परेशान होता है, वह अपने जीवन को कोसता ही रहता है. वह यहाँ वहां की शैतानी बातें सोचकर दुखी रहता है. वह अपने हर काम के लिए दूसरों पर निर्भर रहना पसंद करता है, उसे लगता है, कोई और उसकी जगह मेहनत कर दे. लेकिन ये दुनिया का सबसे बढ़ा सच है कि अपना बोझ व्यक्ति को स्वयं उठाना पड़ता है, उसे अपने जीवन में आगे बढ़ने के लिए खुद ही परिश्रम करना होगा, इसमें उसकी मदद कोई भी नहीं सकता. परिश्रमी के जीवन में प्रसन्नता, शांति, सफ़लता बनी रहती है.

बच्चों अब तुम समझे मेरी बात को ..

(तभी संजय कि पत्नी भुमिका आ जाती है)

भुमिका : तुम भी ना कहीं पर भी बच्चों को प्रवचन देना शुरू कर देते हो घुमने आए हैं यहां पर प्रवचन देने नहीं .

दिवेश : हां आंटी देखो ना हमें ये अंकल हमें कब से पक्का रहें हैं .

संजय : अरे में इन्हें समझा रहा हूं अगर मेहनत ना करोंगो तो क्या होगा .

भुमिका : बहुत बढ़िया चलों पहले मंदिर के दर्शन करके आते हैं फिर खाना खाएंगे .

विवेक : आंटी आपसे एक सवाल पुछना चाहता हूं . लड़कियां विदाई के समय इतना क्यों रोती है .

आरती :अगर तुम्हें पता चले...

अपने घर से दूर ले जाकर कोई तुमसे

'बर्तन मंजवाएगा' तो तुम क्या करोगे नाचोगे और खुशियां मनाओगे .

(ये जवाब सुनकर संजय अंकल के होश उड़ गए)

संजय : (उम्मीद भरी नजरों से) अरे बाप रे तुम मुझसे शादी कर खुश नहीं हो .

भुमिका : अरे बाप रे मजाक कर रही हुं संजय , अब जाकर कपड़े बदलो मंदिर के दर्शन करने चले .

संजय : हां तुम चलों में अभी आया . चलो बच्चों में कपड़ा बदलने जा रहा हूं , थोड़ा पढ़ने - लिखने पर ध्यान दो .

सत्यम : ओके अंकल जी .

(अब वह दिन का इंतजार खत्म हुआ हमारे प्यारी सी बुढ़िया का जन्मदिन आ गया . बुढ़िया का बेटा हर साल बुढ़िया का जन्मदिन मनाता था . इस साल भी बुढ़िया का जन्मदिन मनाया गया . बुढ़िया ने पुरे मोहल्ले के लोगों को आमंत्रित किया था और उस में हम भी थे . अब हमने सोचा बुढ़िया आंटी को गिफ्ट क्या देंगे मम्मी ने मुझे 51 रूपए दिए हैं बुढ़िया आंटी को देने के लिए लेकिन हमने सोचा हम बुढ़िया आंटी को पैसे नहीं देंगे गिफ्ट देंगे .)

विवेक : दिवेश बुढ़िया को क्या गिफ्ट दें .

दिवेश : पैसे ही दे देना ओर क्या देगा . 50 रूपए से कितना बड़ा गिफ्ट लेगा .

गौतम : हां यार छोड़ दे रहने दे गिफ्ट मत दें पैसा दे देना .

विवेक : नहीं में गिफ्ट ही दुंगा . में बुढ़िया को एक कलम दुंगा और एक लिफाफा में चिट्ठी .

दिवेश : लेकिन तू उस में लिखेगा क्या .

विवेक : वह मुझ पर छोड़ दो .

(हम सभी रात को 8:00 बजे बुढ़िया के घर पर गए बर्थडे पार्टी में गए . हम सभी के घर से सिर्फ हम ही आए थे . मस्त खाया पिया बुढ़िया को गिफ्ट दिया और बूढ़ी आंटी को कहा यह गिफ्ट कल खोलना ओर इसमें एक लिफाफा भी है उसे ध्यान से पढ़ना . अब हम चलते हैं 2 दिन बाद स्कूल खुल जाएगा , अब तो खेलने को भी नहीं मिलेगा . इतना कहकर हम वहां से चल दिए. अगले दिन बुढ़िया ने गिफ्ट खोला लिफाफे में एक कलम था और एक चिट्ठी थी . उस चिट्ठी में मैंने लिखा था .)

नमस्ते प्यारी बूढ़ी आंटी आरती ,

जन्मदिन मुबारक हो आपको . आप सदा खुश रहें और स्वस्थ रहें यही मै कामना करता हूं भगवान से . लेकिन हम जब क्रिकेट खेले तब हमें डांटना मत . आप ही बताइए हम क्रिकेट खेलने कहां जाएं . सिर्फ एक घंटा खेलते हैं उसमें भी सभी को तकलीफ रहता है , कहीं भी जाओ उधर से भगा देते हैं 'कहने लगते हैं चलो घर पर जाकर सो जाओ अभी खेलने का समय नहीं है सुबह खेलो तब समय नहीं शाम को खेलो तब समय नहीं तो हम खेले ही कब . इसलिए मैंने आपको चिट्ठी लिखा है . भले आपकी हाइट 4 फुट हो लेकिन आप बहुत ही खतरनाक है , मैंने सोचा कि आप बहुत अच्छी है सभी बच्चों से प्यार करती है, किसी को भी डांटती नहीं है .

में उम्मीद करता हूं आप हमें क्रिकेट खेलने देंगे और सिर्फ 2 दिन बचे हैं स्कूल खुलने में उसके बाद तो हमें लेशन से फुर्सत मिलेगा तभी क्रिकेट खेलेंगे . मैं उसके लिए आपसे माफी मांगता हूं जब मैंने आपके ऊपर बोतल से भरा पानी फेंक दिया था ,आपके बालों में चिंगम चिपका और आपको बहुत तंग किया . बोना बोना और बुढ़िया कहके चिढ़ाया उसके लिए फिर से माफी मांगता हूं .

मैंने जितना भी यह लिखा है यह सब मजाक है . माफ करना बुढ़िया आंटी मुझे मजाक करने की आदत है , अब मजाक कर दिया है तो क्या करूं इसीलिए मैंने सोचा मैं आपके सामने तो मजाक नहीं कर सकता इसलिए मैंने चिट्ठी लिखकर मजाक कर लिया . हम हर रोज क्रिकेट खेलेंगे हर रोज आपको परेशान करेंगे . अब आप मुझे दोबारा थैंक यू लिखकर चिट्ठी मत भेजना . हमारे सारे गेंद वापस कर देना .

धन्यवाद मैं विवेक

उस दिन से मैं बुढ़िया के सामने कभी नहीं गया . बुढ़िया ने मेरे चिट्ठी को इतना ध्यान नहीं दिया . लेकिन बुढ़िया ने कलम अपने पास रखा . बहुत ही ज्यादा मस्ती किया बुढ़िया के साथ और वह भी हमें बहुत सताती थी , जो भी आपने मिलता उसी से बच्चों को मारती थी . एक तो 4 फुट ऊंचाई है और ऊपर से तेवर तो बहुत ज्यादा.

2 दिन बाद स्कूल खुल गया . पहले दिन में स्कूल में गया गुड़िया के नजरों से चुपके . लेक्चर था समाजिक विज्ञान उसमें सर ने हमें बहुत ही विस्तार से इतिहास बताया .

आप भी थोड़ा जान ले वो इतिहास ..

महापुरुषों को प्रतीक के रूप में इस्तेमाल करते हुए यह पार्टियां भी आजादी की कहानी को उलझा देती हैं। इस वजह से इतिहास की सही तस्वीर सामने नहीं आ पाती। युवाओं की जानकारी भी कुछ नामों पर जाकर ठिठक जाती है।

हमने ख्यात इतिहासकार पुष्पेश पंत से जाना कि यदि संक्षेप में भारत के स्वतंत्रता संग्राम की कहानी सुनाई जाए तो उसमें क्या-क्या होना चाहिए। उन्होंने कई महत्वपूर्ण मुद्दों की ओर ध्यान खींचा। इसी आधार पर हम आजादी की कहानी को चार हिस्सों में बांट रहे हैं। ताकि आप भी संक्षेप में समझ सके कि हमारे पूर्वजों ने किस तरह संघर्ष किया और हमें आज की जिंदगी दी है।

1. ईस्ट इंडिया के आगमन से प्लासी (1600-1757): आजादी को समझना है तो गुलाम बनने की कहानी भी जरूरी है। जब ईस्ट इंडिया कंपनी को 1600 में ब्रिटिश महारानी से कारोबार की इजाजत मिली तब तक भारत में फ्रेंच, पुर्तगाली और डच कब्जा जमा चुके थे।

भारत से सूती कपड़े, रेशम, काली मिर्च, लौंग, इलायची और दालचीनी यूरोप जाने लगा था। ईस्ट इंडिया कंपनी का जहाज 1608 में सूरत पहुंचा। वहां पुर्तगालियों को डच ईस्ट इंडिया कंपनी की मदद से रास्ते से हटाया।

फिर मुगल शासक जहांगीर से रिश्तों को मजबूती दी। यूरोपीय वस्तुओं के बदले भारतीय शासकों का दिल जीता। धीरे-धीरे कूटनीति के जरिये उनके राजनीतिक मामलों में दखल

शुरू किया। ताकत भी बढ़ाते रहे।

कंपनी ने मुगल से टैक्स में छूट प्राप्त कर ली थी। अब अफसर भी निजी कारोबार करने लगे थे और वे टैक्स नहीं चुकाते थे। इसका बंगाल के नवाब सिराजुद्दौला ने विरोध किया। कलकता में ब्रिटिश संपत्ति पर कब्जा जमा लिया। अधिकारियों को गिरफ्तार कर लिया।

तब कंपनी का एक और गढ़ था मद्रास (आज का चेन्नई) में। वहां से रॉबर्ट क्लाइव नौसेना लेकर आए और 1757 में सिराजुद्दौला से प्लासी का युद्ध लड़ा। सिराजुद्दौला के सेनापति मीर जाफर ने विश्वासघात किया और युद्ध में नवाब की मौत हो गई।

2.कंपनी बहादुर से पहले स्वतंत्रता संग्राम (1757-1857) : जल्द ही कंपनी को लगने लगा कि कठपुतली नवाब काम नहीं आएंगे। सत्ता अपने हाथ में होनी चाहिए। तब 1765 में मीर जाफर की मौत के बाद कंपनी ने रियासत अपने हाथ में ली। मुगल सम्राट ने कंपनी को बंगाल का दीवान बना दिया यानी "कंपनी बहादुर" अस्तित्व में आया।

अंग्रेजों के सामने दो बड़ी चुनौतियां तब भी थीं। दक्षिण में टीपू सुल्तान और विंध्य के दक्षिण में मराठा। टीपू ने फ्रेंच व्यापारियों से दोस्ती कर ली थी। सेना को आधुनिक बना लिया था। वहीं, मराठा दिल्ली के जरिए देश पर शासन करना चाहते थे।

कंपनी ने टीपू और उनके पिता हैदर अली से चार युद्ध लड़े। लेकिन 1799 में टीपू श्रीरंगपट्टनम की जंग में मारे गए। इसी तरह, पानीपत की तीसरी लड़ाई में हार के बाद मराठा साम्राज्य टुकड़ों में बंटा था। 1819 में अंग्रेजों ने पेशवा को पुणे से लाकर कानपुर के पास बिठुर में बिठा दिया।

इस बीच, पंजाब बड़ी चुनौती बना रहा था। महाराजा रणजीत सिंह जब तक रहे, तब तक उन्होंने अंग्रेजों की दाल नहीं गलने दी। लेकिन 1839 में उनकी मौत के बाद हालात बदल गए। दो लड़ाइयां और हुई और दस साल बाद पंजाब पर अंग्रेज काबिज हो गए।

1848 में लॉर्ड डलहौजी विलय नीति लेकर आए। जिस शासक का कोई पुरुष उत्तराधिकारी नहीं होता था, उस रियासत को कंपनी अपने कब्जे में ले लेती। इस आधार पर सतारा, संबलपुर, उदयपुर, नागपुर और झांसी पर अंग्रेजों ने कब्जा जमाया। इसने 1857 की क्रांति के बीज बोए।

सीताराम पांडे ने "फ्रॉम सिपॉय टू सुबेदार" संस्मरण में लिखा है कि यह सबको लग रहा था कि अंग्रेज भारतीय धर्मों का सम्मान नहीं करते।

नाराजगी तो थी लेकिन जब यह खबर आई कि नई बंदूकों के कारतूसों पर गाय और सूअर की चर्बी का लेप है तो कंपनी में सिपाही भड़क गए।

1857 में मेरठ में सिपाही विद्रोह के चलते मंगल पांडे को फांसी पर चढ़ाया गया। वहां से उठी चिंगारी ने झांसी, अवध, दिल्ली, बिहार में क्रांति को हवा दी। रानी लक्ष्मीबाई, बहादुर शाह जफर, नाना साहेब आदि ने मिलकर एक साथ बगावत कर दी। अंग्रेजों को खदेड़ दिया गया था।

3. **इंग्लैंड की महारानी के शासन से गांधी तक (1858-1915) :** कंपनी ने तब लंदन से फौज बुलवाई। सितंबर-1857 में दिल्ली में फिर अंग्रेजों का कब्जा हुआ। मार्च-1858 में लखनऊ, जून-1858 में झांसी पर अंग्रेज फिर हावी हुए। ब्रिटिश संसद ने कानून पारित किया और भारत की सत्ता ईस्ट इंडिया कंपनी के हाथ से महारानी के हाथ में चली गई।

ब्रिटिश मंत्रिमंडल के सदस्य को भारत का मंत्री बनाया गया। उसकी मदद के लिए इंडिया काउंसिल बनाई गई। गवर्नर जनरल अब वायसराय था यानी इंग्लैंड के राजा-रानी का निजी प्रतिनिधि। इस तरह, अंग्रेज सरकार ने सीधे-सीधे भारत की बागडोर संभाल ली।

1858 में जब ब्रिटिश राज आया तब उसके कब्जे में आज का भारत, बांग्लादेश, पाकिस्तान और बर्मा था। वहीं, गोवा और दादर नगर हवेली पुर्तगाली कॉलोनी थे जबकि पुडुचेरी फ्रेंच कॉलोनी।

ब्रिटिश शासन आते ही तटीय इलाकों यानी मद्रास, बॉम्बे, कलकत्ता और इसके आसपास के पुणे जैसे शहर पढ़ाई-लिखाई के बड़े केंद्र बन गए। वहां संभ्रांत भारतीय परिवारों के युवा पढ़-लिख रहे थे। इसी दौरान सामाजिक सुधार शुरू हुए।

दिसंबर-1885 में रिटायर्ड ब्रिटिश अधिकारी एलेन ओक्टोवियन ह्यूम ने ब्रिटिश शासन और भारत की सिविल सोसायटी में समन्वय की भूमिका निभाने भारतीय राष्ट्रीय कांग्रेस बनाई। इसका उद्देश्य आजादी की लड़ाई लड़ना नहीं बल्कि ब्रिटिश शासन में अपनी भूमिका निभाना था।

सुरेंद्रनाथ बनर्जी कलकत्ता में, महादेव गोविंद रानाड़े पूना में सक्रिय हुए। प्रार्थना समाज, आर्य समाज जैसे संगठन सक्रिय हुए। इसी दौरान 1906 में ढाका में मुस्लिम लीग ने आकार लिया। यह सामाजिक, धार्मिक और राजनीतिक संगठन ही आगे राष्ट्रवादी चेतना की प्रेरणा बने।

1905 में लॉर्ड कर्जन ने बंगाल का विभाजन किया। इससे बंगाल भड़क उठा। कांग्रेस नेतृत्व ने इसे "बांटो और राज करो" की नीति बताया। बंगाल से उठी राष्ट्रवाद की प्रचंड धारा से वंदे मातरम कांग्रेस का राष्ट्रगीत बना। बंकिम चंद्र चटर्जी के उपन्यास आनंद मठ से लिए इस गीत को रबींद्र नाथ टैगोर ने संगीतबद्ध किया था।

बंगाल में कलकत्ता समेत सभी इलाकों में विदेशी कपड़ों की होली जलाई गई। पूरे देश में "बंग भंग" आंदोलन की चिंगारी पहुंच गई। यह आग पूना, मद्रास और बॉम्बे में भी फैली। अंग्रेजी पढ़ाई का विरोध हुआ। पंडित मदन मोहन मालवीय ने 1910 में बनारस हिंदू विश्वविद्यालय की स्थापना की।

वहीं, ब्रिटेन में भी हालात बदल रहे थे। 1906 में लिबरल पार्टी ने चुनाव जीते और भारत को देखने का नजरिया बदला। कम से कम दिखाया तो ऐसा ही। वायसराय लॉर्ड मिंटो और भारत के लिए मंत्री जॉन मोर्ली ने सुधार लागू किए। भारतीयों को राजनीति और शासन में हिस्सेदारी दी गई।

1910 में सुप्रीम काउंसिल में भारतीय सदस्य बढ़ गए। गोपालकृष्ण गोखले जैसे नेता उससे जुड़े। उन्होंने इस पर कहा था कि इससे पहले तक वे बाहर से हमला करते रहे, लेकिन अब अंदर से हमले भी कर सकेंगे।

पर इससे पहले ही 1907 में कांग्रेस दो धड़ों में टूट गई थी। गरम दल और नरम दल। नरम दल सरकार के साथ रहकर काम करना चाहता था। वहीं, गरम दल में "लाल-पाल-बाल' की तिकड़ी थी। यानी लाला लाजपत राय, बाल गंगाधर तिलक और विपिन चंद्र पाल।

तिलक ने क्रांतिकारी प्रफुल्ल चाकी और खुदीराम बोस के बम हमलों का समर्थन किया। उन्हें बर्मा की जेल भेज दिया गया। उसके बाद पाल और अरविंद घोष ने सक्रिय राजनीति से संन्यास ले लिया। धीरे-धीरे यह उग्र राष्ट्रवादी आंदोलन भी कमजोर पड़ गया। 1928 में लाला लाजपत राय की भी अंग्रेजों के लाठीचार्ज में मौत हो गई।

1911 में मिंटो की जगह लॉर्ड हार्डिंग्ज आए और उन्होंने विभाजित बंगाल को एक कर दिया। लेकिन, बिहार और ओडिशा को अलग कर नया प्रांत बना दिया। राजधानी भी कलकत्ता से उठाकर दिल्ली ले आए। मुस्लिम लीग की मांग पर परिषदों में कुछ सीटें मुस्लिमों के लिए आरक्षित रखी गई।

4. महात्मा गांधी से आजादी की लड़ाई तक (1915-1947): मोहनदास करमचंद गांधी यानी बापू 1915 में दक्षिण अफ्रीका से लौटे। वे वहां नस्लभेदी पाबंदियों के खिलाफ अहिंसक आंदोलन के प्रणेता थे। गोपालकृष्ण गोखले की सलाह पर उन्होंने सबसे पहले पूरे भारत का दौरा किया।

भारत का दौरा करने के बाद वे चंपारण, खेड़ा और अहमदाबाद के स्थानीय आंदोलनों से जुड़े। 1919 में रॉलट कानून के खिलाफ सत्याग्रह किया। यह ब्रिटिश शासन के खिलाफ पहला एकजुट आंदोलन था।

आंदोलनों को दबाने के लिए ब्रिटिश अधिकारियों ने दमनकारी हथकंडे अपनाए। अप्रैल 1919 में बैसाखी के दिन जलियांवाला बाग में जुटे प्रदर्शनकारियों पर गोलियां चलाई। इसमें 400 से अधिक लोग मारे गए थे।

जलियांवाला बाग हत्याकांड और खिलाफत आंदोलन की पृष्ठभूमि में 1920-21 में असहयोग आंदोलन शुरू हुआ। विदेशी कपड़ों की होली जलाई जाने लगी। देश के अलग-अलग हिस्सों के छुटपुट आंदोलन भी इससे जुड़ते चले गए।

फरवरी 1922 में किसानों ने चौरी-चौरा पुलिस थाने को आग लगा दी। 22 पुलिस वाले मारे गए। तब गांधीजी ने असहयोग आंदोलन वापस ले लिया। महत्वपूर्ण यह भी है कि इसी दशक में राष्ट्रीय स्वयंसेवक संघ और भारतीय कम्युनिस्ट पार्टी जैसे परस्पर विरोधी विचारों के दल भी बने।

उस समय कांग्रेस पूरी तरह से गांधी जी के प्रभाव में थी। जवाहरलाल नेहरू की अध्यक्षता में कांग्रेस ने 1929 में पूर्ण स्वराज का प्रस्ताव पारित किया। 26 जनवरी 1930 को पूरे देश ने स्वतंत्रता दिवस भी मनाया।

इस दौरान भगत सिंह, चंद्रशेखर आजाद, सुखदेव और अन्य मजदूरों और किसानों की क्रांति चाहते थे। हिंदुस्तान सोशलिस्ट रिपब्लिकन पार्टी भी बनाई थी। लाला लाजपत राय को पुलिस लाठीचार्ज में मौत के घाट उतारने वाले पुलिस अफसर सांडर्स की 17 दिसंबर 1928 को भगत सिंह, राजगुरु और सुखदेव ने हत्या कर दी।

इसके बाद बीके दत्त के साथ मिलकर भगत सिंह ने 8 अप्रैल 1929 को केंद्रीय विधान परिषद में बम फेंका। क्रांतिकारियों ने पर्चे में लिखा था कि उनका मकसद किसी की जान लेना नहीं बल्कि बहरों को सुनाना है। भगत सिंह, राजगुरु और सुखदेव को 23 मार्च 1931 को फांसी पर चढ़ाया गया।

इधर, गांधी जी ने 1930 में साबरमती से 240 किमी दूर स्थित दांडी तट तक मार्च किया। उन्होंने अंग्रेजों के नमक पर टैक्स वसूलने वाले कानून का विरोध किया। इसमें लोगों ने बड़े पैमाने पर उनका साथ दिया। यहीं से सविनय अवज्ञा आंदोलन शुरू हुआ।भारत में हर स्तर पर राष्ट्रीय चेतना बढ़ गई थी, तब 1935 में गवर्नमेंट ऑफ इंडिया एक्ट बना। प्रांतों को स्वायत्तता दी गई। 1937 में चुनाव हुए तो 11 में से 7 प्रांतों में कांग्रेस की सरकार बनी थी।

1939 में दूसरा विश्वयुद्ध छिड़ गया। कांग्रेस के नेता ब्रिटेन की मदद करना चाहते थे, लेकिन बदले में भारत की स्वतंत्रता की मांग कर रहे थे। अंग्रेजों ने बात नहीं मानी तो कांग्रेस सरकारों ने इस्तीफे दे दिए।

महात्मा गांधी ने दूसरे विश्व युद्ध के बाद भारत छोड़ो का नारा दिया। इसे दबाने के लिए ब्रिटिश सरकार को पसीना आ गया। कई इलाकों में तो लोगों ने अपनी सरकार तक बना ली थी। हालांकि, इस समय तक महात्मा गांधी की कांग्रेस पर पकड़ कमजोर हो गई थी।

इस बीच, सुभाषचंद्र बोस ने कांग्रेस नेताओं से मतभेद उभरने पर पार्टी छोड़ी और 1941 में जर्मनी के रास्ते सिंगापुर पहुंचे। वहां आजाद हिंद फौज बनाई। यह फौज 1944 में इम्फाल और कोहिमा के रास्ते भारत में प्रवेश करने में नाकाम हुई। अधिकारी गिरफ्तार हो गए।

दूसरे विश्वयुद्ध के बाद 1945 में अंग्रेजों ने कांग्रेस और मुस्लिम लीग से स्वतंत्रता पर बातचीत शुरू की। लीग चाहती थी कि उसे भारतीय मुसलमानों का प्रतिनिधि माना जाए, लेकिन कांग्रेस राजी नहीं थी। दोनों के बीच मतभेद भारत और पाकिस्तान में विभाजन का कारण बने। 14 अगस्त को पाकिस्तान और 15 अगस्त को भारत स्वतंत्र देश बन गए।

इतना सारा इतिहास बता दिया हमारे सरजी ने .

एक दिन स्कूल में डांस प्रतियोगिता आयोजित किया गया था . मैंने डांस प्रतियोगिता में भाग नहीं लिया . सभी ने ऐसा डांस किया फिर आज के बाद से कभी भी स्कूल में डांस प्रतियोगिता आयोजित नहीं किया गया . डांस देखकर लोट पोट हो गए सभी .प्रिंसीपल सर ने कहा था इस डांस प्रतियोगिता में सभी खुद से प्रेक्टिस करके अपना जलवा अदा करेंगे . सभी ने ऐसा जलवा अदा किया कि डांस प्रतियोगिता आयोजित होना ही बंद हो गया लेकिन बहुत ही ज्यादा मजा आया .

आज भी वह बुढ़िया आंटी जिंदा है . बुलाती है मुझे कभी घर पर आओ लेकिन मैं डर के कारण कभी घर से जाता ही नहीं था . बुढ़िया सिटी में रहती थी और हम अर्बन जैसे एरिया में रहते थे . आज मैं 20 साल का हो गया और शायद बूढ़ी आंटी का उम्र 62 साल हो गया होगा वो आज भी मुझे को याद करती है. मैं भी याद करता हूं कभी-कभी , मैं जब भी याद करता तो मुझे बहुत हंसी छूटती है . बहुत परेशान किया बूढ़ी आंटी को , लेकिन बूढ़ी आंटी ने मेरा दिया हुआ गिफ्ट अभी तक संभाल के रखा है.

विवेक : खत्म हो गई कहानी जेनिल ।

जेनिल : वाह भाई बहुत शरारती था तू बचपन । वह बुढ़िया तुझे ढूंढ रही होगी अगर मिल गया तो कचुंबर बना देगी । बचके जाना अगर वह एरिया में जाना हो तो ।

विवेक : कुछ नहीं करेगी भाई मैं उधर जाता ही नहीं ।

अभी एग्जाम धीरे-धीरे नजदीक आ रहा था । सभी के पास रेफरेंस बुक थी उसी में से प्रैक्टिस करते थे । और सारे सर टीचर उसी में से टेस्ट लेते थे , और कहते थे उस टेस्ट पेपर को पढ़ लो और नोटबुक में आंसर लिखना स्टार्ट कर दो । जिनके पास नहीं होता वह दूसरों में से फाड़ के लिखना स्टार्ट कर देते थे ।

भविष्य : किसी के पास हिंदी का गाला .

नीतेश : नहीं

प्रवीण : नहीं

पिंटू : अगर किसी ने मेरा गाला लिया होगा फिर देख लेना मैं अमित सर को बोल दूंगा ।

सबसे खास बात मैं आपको बताना भूल ही गया । हमारे क्लास सर अमित सर थे । जो हमें गणित पढ़ाते थे। हाइट में खूब लंबे थे । हम सभी मतलब मैं नहीं हमारे सर को अमित लांबा लांबा करके बुलाते थे । उनके सामने नहीं बोलते उनका यह प्रिया नाम रखा था ।

किसी के हाथ में कुछ भी लगता वह ले लेता था । हमारे क्लास में कुछ नमूने नमूने लोग भी थे । जैसे कि प्रवीण, रोशन ,विकास । प्रवीण पढ़ने में भले कमजोर था लेकिन उसकी राइटिंग देखकर सभी सर टीचर उसे मार्क्स देते थे । खूब मस्ती किया हम सभी ने बोर्ड एग्जाम के बाद सभी बिखर से गए ।

उसके बाद मैंने भी स्टोरी लिखना बंद कर दिया । फिर जब मैं 11वीं में आया । तब मैं जेबी डायमंड स्कूल में पढ़ता था । एक -कॉमर्स की मैम थी और कुछ मेरे बीएनबी के फ्रेंड उसी स्कूल में थे और हमारे क्लास सर भी थे। एक दिन भूमिका मैम जो कॉमर्स की टीचर थी । उन्होंने मुझे बुलाया और कहां बेटा तुम स्टोरी लिखते हो । मैंने कहा मैं में स्टोरी लिखता हूं। मैंने कहा तो उसे पब्लिश करो। मैम की बातें सुन ली । मैम ने मुझे खूब मोटिवेट किया । मैम ने कहा कुछ अपनी स्टोरी सुनाओ । मैंने कहा ठीक है मैम । फिर मैम 5-8 कक्षा सभी विद्यार्थियों को एसेंबली में बुलाया और मुझे कहा अब अपनी स्टोरी सुनाओ सभी को । मैम मुझे एक होनहार लड़का चांहिए जो सुभाष चंद्र बोस जी का लेखन पढ़ सके क्योंकि यह एक इंटरव्यू स्टोरी है । मैम ठीक है। मैम ने एक होनहार लड़का स्टेज पर भेजा । अब मैंने स्टोरी

बोलना स्टार्ट किया ।

हम बाहर महादेव के मंदिर घुमने गए थे । लौटने के समय काफी देर हो गई । सुबह के दो बज रहे थे और मैं जाकर सो गया । अचानक मेरे सपने में नेताजी सुभाष चन्द्र बोस आए और मुझे देख मुस्कुरा ने लगे । मैंने उनका पैर छुके आशीर्वाद लिया । उन्होंने मुझे कहा आयुष्मान भव । उन्होंने मुझसे कहा मेरा इंटरव्यू लो भारत के सभी नागरिक मुझे भुल गए हैं । इसलिए मैं चाहता हूं कि तुम मेरा इंटरव्यू लो ताकि सभी मुझे फिर से जान सके आखिर कौन थे नेताजी सुभाष चन्द्र बोस । जैसे तुमने गांधीजी और इंदिरा जी का इंटरव्यू लिया वैसे ही मेरा इंटरव्यू लो । मैंने भी कह दिया जी आप जैसा कहे । मुझे बहुत ही अच्छा अवसर मिला है । में आपके जैसा महान स्वतंत्रता सेनानी और महान पुरुष का इंटरव्यू लुंगा । लेकिन हम इंटरव्यू कैसे लेंगे । सुभाष जी ने कहा एक काम करो फेसबुक और ट्विटर, यूट्यूब , इंस्टाग्राम पे लाईव प्रसारण करो ताकि सभी देख सके में तुमसे सवाल पुछुंगा ठीक है । मैंने लाईव प्रसारण चालू कर दिया । सभी दर्शक हमारे साथ जुड़ गए । मैंने सभी दर्शकों का स्वागत किया ।

विवेक कुमार पांडे : आज हमारे साथ जुड़ चुके हैं । स्वतंत्र सेनानि सुभाष चन्द्र बोस जी । तो जैसे हमने इंदिरा गांधी जी और महात्मा गांधी जी का इंटरव्यू लिया था । आज उसी तरह हम नेताजी सुभाष चंद्र बोस जी का इंटरव्यू लुंगा । सवाल वो पुछेंगे मुझ से में जवाब दुंगा । कभी में भी सवाल पुछुंगा इनसे । तो चलिए शुभारंभ किया जाए ।

सुभाष चंद्र बोस जी : पहले मेरे पुरे देश वासियों को मेरा नमस्ते । आज मैं इसलिए आप सभी के सामने आया ताकि आप सभी जान सके कौन थे नेताजी सुभाष चंद्र बोस । तो आज सवाल में पुछुंगा और जवाब विवेक देंगे ।

विवेक कुमार पांडे : जी आप जैसा कहे ।

सुभाष चंद्र बोस : पहला सवाल : नेताजी सुभाष चंद्र बोस का जन्म कब हुआ ? बेटा अगर तुम्हें जवाब पता नहीं हो तो मेगज़ीन और न्युज पेपर का इस्तेमाल कर सकते हो ।

विवेक कुमार पांडे : जी । नेताजी सुभाषचन्द्र बोस का जन्म 23 जनवरी सन् 1897 को ओड़िशा के कटक शहर में हिन्दू कायस्थ परिवार में हुआ था । उनके पिता का नाम जानकीनाथ बोस और माँ का नाम प्रभावती था । जानकीनाथ बोस कटक शहर के मशहूर वकील थे । पहले वे सरकारी वकील थे मगर बाद में उन्होंने निजी प्रैक्टिस शुरू कर दी थी । उन्होंने कटक की महापालिका में लम्बे समय तक काम किया था और वे बंगाल विधानसभा के सदस्य भी रहे थे । अंग्रेज़ सरकार ने उन्हें रायबहादुर का खिताब दिया था । प्रभावती देवी के पिता का नाम गंगानारायण दत्त था । दत्त परिवार को कोलकाता का एक कुलीन परिवार माना जाता था । प्रभावती और जानकीनाथ बोस की कुल मिलाकर 14 सन्तानें थी जिसमें 6 बेटियाँ और 8 बेटे थे । सुभाष उनकी नौवीं सन्तान और पाँचवें बेटे थे । अपने सभी भाइयों में से सुभाष को सबसे अधिक लगाव शरद चन्द्र से था । शरदबाबू प्रभावती और जानकीनाथ के दूसरे बेटे थे । सुभाष उन्हें मेजदा कहते थे । शरदबाबू की पत्नी का नाम विभावती था ।

सुभाष चंद्र बोस जी : बहुत खुब । अब नेताजी सुभाष चंद्र बोस जी के शैक्षणिक सत्र के बारे में बताओ ?

विवेक कुमार पांडे : कटक के प्रोटेस्टेण्ट स्कूल से प्राइमरी शिक्षा पूर्ण कर 1909 में उन्होंने रेवेनशा कॉलेजियेट स्कूल में दाखिला लिया। कॉलेज के प्रिन्सिपल बेनीमाधव दास के व्यक्तित्व का सुभाष के मन पर अच्छा प्रभाव पड़ा। मात्र पन्द्रह वर्ष की आयु में सुभाष ने विवेकानन्द साहित्य का पूर्ण अध्ययन कर लिया था। 1915 में उन्होंने इण्टरमीडियेट की परीक्षा बीमार होने के बावजूद द्वितीय श्रेणी में उत्तीर्ण की। 1916 में जब वे दर्शनशास्त्र (ऑनर्स) में बीए के छात्र थे किसी बात पर प्रेसीडेंसी कॉलेज के अध्यापकों और छात्रों के बीच झगड़ा हो गया सुभाष ने छात्रों का नेतृत्व सम्हाला जिसके कारण उन्हें प्रेसीडेंसी कॉलेज से एक साल के लिये निकाल दिया गया और परीक्षा देने पर प्रतिबन्ध भी लगा दिया।

49वीं बंगाल रेजीमेण्ट में भर्ती के लिये उन्होंने परीक्षा दी किन्तु आँखें खराब होने के कारण उन्हें सेना के लिये अयोग्य घोषित कर दिया गया। किसी प्रकार स्कॉटिश चर्च कॉलेज में उन्होंने प्रवेश तो ले लिया किन्तु मन सेना में ही जाने को कह रहा था। खाली समय का उपयोग करने के लिये उन्होंने टेरिटोरियल आर्मी की परीक्षा दी और फोर्ट विलियम सेनालय में रँगरूट के रूप में प्रवेश पा गये। फिर ख्याल आया कि कहीं इण्टरमीडियेट की तरह बीए में भी कम नम्बर न आ जायें सुभाष ने खूब मन लगाकर पढ़ाई की और 1919 में बीए (ऑनर्स) की परीक्षा प्रथम श्रेणी में उत्तीर्ण की। कलकता विश्वविद्यालय में उनका दूसरा स्थान था।

पिता की इच्छा थी कि सुभाष आईसीएस बनें किन्तु उनकी आयु को देखते हुए केवल एक ही बार में यह परीक्षा पास करनी थी। उन्होंने पिता से चौबीस घण्टे का समय यह सोचने के लिये माँगा ताकि वे परीक्षा देने या न देने पर कोई अन्तिम निर्णय ले सकें। सारी रात इसी असमंजस में वह जागते रहे कि क्या किया जाये।

आखिर उन्होंने परीक्षा देने का फैसला किया और 15 सितम्बर 1919 को इंग्लैण्ड चले गये। परीक्षा की तैयारी के लिये लन्दन के किसी स्कूल में दाखिला न मिलने पर सुभाष ने किसी तरह किट्स विलियम हाल में मानसिक एवं नैतिक विज्ञान की ट्राइपास (ऑनर्स) की परीक्षा का अध्ययन करने हेतु उन्हें प्रवेश मिल गया। इससे उनके रहने व खाने की समस्या हल हो गयी। हाल में एडमीशन लेना तो बहाना था असली मकसद तो आईसीएस में पास होकर दिखाना था। सो उन्होंने 1920 में वरीयता सूची में चौथा स्थान प्राप्त करते हुए पास कर ली।

इसके बाद सुभाष ने अपने बड़े भाई शरतचन्द्र बोस को पत्र लिखकर उनकी राय जाननी चाही कि उनके दिलो-दिमाग पर तो स्वामी विवेकानन्द और महर्षि अरविन्द घोष के आदर्शों ने कब्जा कर रक्खा है ऐसे में आईसीएस बनकर वह अंग्रेजों की गुलामी कैसे कर पायेंगे? 22 अप्रैल 1921 को भारत सचिव ई॰एस॰ मान्टेग्यू को आईसीएस से त्यागपत्र देने का पत्र लिखा। एक पत्र देशवन्धु चित्तरंजन दास को लिखा। किन्तु अपनी माँ प्रभावती का यह पत्र मिलते ही कि "पिता, परिवार के लोग या अन्य कोई कुछ भी कहे उन्हें अपने बेटे के इस

फैसले पर गर्व है।" सुभाष जून 1921 में मानसिक एवं नैतिक विज्ञान में ट्राइपास (ऑनर्स) की डिग्री के साथ स्वदेश वापस लौट आये।

सुभाष चंद्र बोस जी : सवाल : सुभाष चंद्र बोस ने स्वतंत्रता संग्राम में क्या योगदान किया?

विवेक कुमार पांडे : सुभाष चंद्र बोस को असाधारण नेतृत्व कौशल और करिश्माई वक्ता के साथ सबसे प्रभावशाली स्वतंत्रता सेनानी माना जाता है। उनके प्रसिद्ध नारे हैं 'तुम मुझे ख़ून दो, मैं तुम्हे आज़ादी दूंगा', 'जय हिंद', और 'दिल्ली चलो'। उन्होंने आजाद हिंद फौज का गठन किया था और भारत के स्वतंत्रता संग्राम में कई योगदान दिए।

सुभाष चंद्र बोस जी : सवाल : सुभाष चंद्र बोस की क्या भूमिका है?

विवेक कुमार पांडे : सुभाष चंद्र बोस (जिन्हें नेताजी भी कहा जाता है) को भारत के स्वतंत्रता आंदोलन में उनकी भूमिका के लिए जाना जाता है। असहयोग आंदोलन के भागीदार और भारतीय राष्ट्रीय कांग्रेस के नेता, वह अधिक उग्रवादी विंग का हिस्सा थे और समाजवादी नीतियों की वकालत के लिए जाने जाते थे।

सुभाष चंद्र बोस जी : सवाल : सुभाष चंद्र बोस हमें कैसे प्रेरित करते हैं?

विवेक कुमार पांडे : स्वतंत्रता सेनानियों को प्रेरित करते हैं नेताजी

नेताजी ने स्वतंत्रता सेनानियों के दिलों में साहस और विश्वास का संचार किया । उनकी सेना, जिसे इंडियन नेशनल आर्मी (आई एन ए) नाम दिया गया, नेताजी के श्रेष्ठ युद्धकौशल और सक्षम नेतृत्व गुणों का एक चौंकाने वाला उदाहरण था।

सुभाष चंद्र बोस जी : कौन से भारतीय दीपों को आजाद हिंद फौज ने जीत लिया था?

विवेक कुमार पांडे : जापान ने अंडमान व निकोबार द्वीप इस अस्थायी सरकार को दे दिये। नेताजी उन द्वीपों में गये और उनका नया नामकरण किया। अंडमान का नया नाम शहीद द्वीप तथा निकोबार का स्वराज्य द्वीप रखा गया। 30 दिसम्बर 1943 को इन द्वीपों पर स्वतन्त्र भारत का ध्वज भी फहरा दिया गया।

सुभाष चंद्र बोस जी : सवाल : सुभाष चंद्र बोस ने अंग्रेजों से लड़ने के लिए क्या किया?

विवेक कुमार पांडे : 21 अक्टूबर 1943 को, सुभाष चंद्र बोस ने कैथे सिनेमा हॉल में स्वतंत्र भारत की अनंतिम सरकार के गठन की घोषणा की। दो दिन बाद, उन्होंने ब्रिटेन और संयुक्त राज्य अमेरिका के खिलाफ युद्ध की घोषणा की । जापानियों की मदद से, उन्होंने आजाद हिंद फौज (जिसे भारतीय राष्ट्रीय सेना भी कहा जाता है) को फिर से संगठित और फिर से जीवंत किया।

सुभाष चंद्र बोस जी : सवाल : नेताजी सुभाष चंद्र बोस ने सिंगापुर में कहाँ सबसे पहली बार आज़ाद हिंद सरकार की घोषणा की थी?

विवेक कुमार पांडे : नेताजी सुभाष चंद्र बोस ने 21 अक्टूबर 1943 को सिंगापुर के कैथी सिनेमा हॉल में आजाद हिंद सरकार की स्थापना की घोषणा की थी। वहां पर नेताजी स्वतंत्र भारत की अंतरिम सरकार के प्रधानमंत्री, युद्ध एवं विदेशी मामलों के मंत्री और सेना के

सर्वोच्च सेनापति चुने गए थे।

सुभाष चंद्र बोस : क्या गुमनामी बाबा ही नेताजी सुभाष चंद्र बोस थे?

विवेक कुमार पांडे : कई लोगों का मानना था कि नेताजी जी की मौत प्लेन क्रैश में नहीं हुई. नेताजी गुमनामी बाबा के नाम से यूपी में 1985 तक रह रहे थे. नेताजी पर रिसर्च करने वाले बड़े-बड़े विद्वानों का मानना है कि गुमनामी बाबा ही नेताजी सुभाषचंद्र बोस थे.

लेकिन इसकी पुष्टि अब तक सरकार की तरफ से नहीं की गई है और ना ही कोई ठोस प्रमाण ऐसा सामने आया है. इन सब के बावजूद गुमनामी बाबा को ही नेताजी सुभाषचंद्र बोस मानने वालों की संख्या हजारों में है. गुमनामी बाबा जो कि अपनी अंतिम अवस्था में यूपी के अयोध्या के राम भवन में निवास करते थे, उनके कई गुण नेताजी सुभाषचंद्र बोस से मिलते थे. उनकी आवाज, उनका ज्ञान, उनका संगीत, सिगार, बंगाली भोजन ये सब नेताजी ये मिलते जुलते थे.

जनता की इसी मांग को देखते हुए तत्कालीन अखिलेश यादव सरकार ने इलाहाबाद हाईकोर्ट के आदेश के बाद गुमनामी बाबा की जांच रिपोर्ट के लिए जस्टिस विष्णु सहाय आयोग का गठन 2016 में किया. जस्टिस विष्णु सहाय आयोग का मुख्य काम यह पता लगाना था कि गुमनामी बाबा की असली पहचान क्या है ? क्या गुमनामी बाबा ही नेताजी सुभाषचंद्र बोस थे?

तीन साल बाद जस्टिस विष्णु सहाय आयोग ने अपनी रिपोर्ट यूपी विधानसभा में पेश की. इस रिपोर्ट को यूपी सरकार ने स्वीकार कर लिया है. इस रिपोर्ट को स्वीकार करते हुए यूपी सीएम योगी आदित्यनाथ ने रिपोर्ट को सार्वजनिक करते हुए लिखा है, 'आयोग द्वारा गुमनामी बाबा उर्फ भगवान जी की पहचान नहीं की जा सकी. गुमनामी बाबा के बारे में आयोग ने कुछ अनुमान लगाए हैं.'

गुमनामी बाबा पर जस्टिस सहाय आयोग का अनुमान

गुमनामी बाबा बंगाली थे.

गुमनामी बाबा बंगाली, अंग्रेजी और हिंदी भाषा के जानकार थे.

गुमनामी बाबा एक असाधारण मेधावी व्यक्ति थे.

गुमनामी बाबा के राम भवन से बंगाली, अंग्रेजी और हिन्दी में अनेक विषयों की पुस्तकें प्राप्त हुई हैं.

गुमनामी बाबा को युद्ध, राजनीति और सामयिक की गहन जानकारी थी.

गुमनामी बाबा के स्वर में नेताजी सुभाषचंद्र बोस के स्वर जैसा प्राधिकार का भाव था.

गुमनामी बाबा में प्रचंड आत्मबल और आत्मसंयम था.

अयोध्या में 10 वर्षों तक गुमनामी बाबा पर्दे के पीछे रहे.

पर्दे के पीछे से जो लोग गुमनामी बाबा को सुनते थे, वो सम्मोहित हो जाते थे.

गुमनामी बाबा पूजा और ध्यान में पर्याप्त समय व्यतीत करते थे.

गुमनामी बाबा संगीत, सिगार और भोजन के प्रेमी थे.

गुमनामी बाबा नेताजी सुभाषचंद्र बोस के अनुयायी थे.

लेकिन जिस समय यह बात प्रसारित होनी शुरू हुई कि वो नेताजी सुभाषचंद्र बोस थे, उन्होंने तत्काल अपना मकान बदल लिया.

भारत में शासन की स्थिति से गुमनामी बाबा का मोहभंग था.

सुभाष चंद्र बोस जी : सवाल : नेताओं को अंग्रेजों ने नजरबंद कर लिया था जेल से भागकर बोस कहाँ गए?

विवेक कुमार पांडे : वो अफ़ग़ानिस्तान की सीमा पार करते हुए पहले समरकंद पहुँचे और फिर ट्रेन से मास्को के लिए रवाना हुए. वहाँ से सुभाष चंद्र बोस ने जर्मनी की राजधानी बर्लिन का रुख़ किया.

सुभाष चंद्र बोस जी : सवाल : आज़ाद हिंद सरकार का गठन २१ अक्टूबर १९४३ को कहाँ पर हुई थी?

विवेक कुमार पांडे : बोस ने अपने अनुयायियों को जय हिन्द का अमर नारा दिया और 21 अक्टूबर 1943 में सुभाषचन्द्र बोस ने आजाद हिन्द फौज के सर्वोच्च सेनापति की हैसियत से सिंगापुर में स्वतंत्र भारत की अस्थायी सरकार आज़ाद हिन्द सरकार की स्थापना की।

सुभाष चंद्र बोस जी : सवाल : त्रिपुरी अधिवेशन कब हुआ था?

विवेक कुमार पांडे : त्रिपुरी सम्मेलन मध्य प्रदेश के जबलपुर में त्रिपुरी नामक स्थान पर सन 1939 में आयोजित किया गया था। इस सम्मेलन में नेताजी सुभाष चंद्र बोस को कांग्रेस का अध्यक्ष चुना गया था। यही वह सम्मेलन था, जब नेताजी सुभाष चंद्र बोस दूसरी बार कांग्रेस अध्यक्ष चुने गए थे।

सुभाष चंद्र बोस : आजाद हिंद फौज के प्रथम कमांडर कौन थे?

विवेक कुमार पांडे : पंजाब के जनरल मोहन सिंह ने 15 दिसंबर 1941 को आजाद हिंद फौज की स्थापना की और बाद में 21 अक्तूबर 1943 को उन्होंने इस फौज का नेतृत्व सुभाष चंद्र बोस को सौंप दिया। इसके साथ ही नेताजी को आजाद हिंद फौज का सर्वोच्च सेनापति भी घोषित कर दिया गया।

सुभाष चंद्र बोस : सवाल : आखिर क्यों ? 21 अक्टूबर 1943 के दिन नेताजी सुभाष चंद्र बोस ने सिंगापुर में पहली बार आजाद हिंद सरकार गठित की. वो खुद इस अस्थायी सरकार के मुखिया बने. इसी दिन नए सिरे से आजाद हिंद फौज भी फिर से हरकत में आ गई.

विवेक कुमार पांडे : 21 अक्टूबर 1943 का दिन भारत के लिए बहुत खास दिन है. इसी दिन नेताजी सुभाष चंद्र बोस ने सिंगापुर में आजाद भारत की अस्थायी सरकार की घोषणा की थी. साथ ही नए सिरे से आजाद हिंद फौज का गठन करके उसमें जान फूंक दी थी.

उस दिन भारतीय स्वतंत्रता लीग के प्रतिनिधि सिंगापुर के कैथे सिनेमा हाल में स्वतंत्र भारत की अस्थायी सरकार की स्थापना की ऐतिहासिक घोषणा सुनने के लिए इकट्ठे थे. हाल खचाखच भरा था. खड़े होने के लिए इंच भर भी जगह नहीं.

घड़ी में जैसे ही शाम के 04 बजे. मंच पर नेताजी खड़े हुए. उन्हें एक खास घोषणा करनी थी. ये घोषणा 1500 शब्दों में थी, जिसे नेताजी ने दो दिन पहले रात में बैठकर तैयार किया था.

घोषणा में कहा गया, "अस्थायी सरकार का काम होगा कि वो भारत से अंग्रेजों और उनके मित्रों को निष्कासित करे. अस्थायी सरकार का ये भी काम होगा कि वो भारतीयों की इच्छा के अनुसार और उनके विश्वास की आजाद हिंद की स्थाई सरकार का निर्माण करे."

*नेताजी ने संभाले तीन पद

अस्थायी सरकार में सुभाष चंद्र बोस प्रधानमंत्री बने और साथ में युद्ध और विदेश मंत्री भी. इसके अलावा इस सरकार में तीन और मंत्री थे. साथ ही एक 16 सदस्यीय मंत्री स्तरीय समिति. अस्थायी सरकार की घोषणा करने के बाद भारत के प्रति निष्ठा की शपथ ली गई.

*हर कोई भावुक था

जब सुभाष निष्ठा की शपथ लेने के लिए खड़े हुए तो कैथे हाल में हर कोई भावुक था. वातावरण निस्तब्ध. फिर सुभाष की आवाज गूंजी, "ईश्वर के नाम पर मैं ये पावन शपथ लेता हूं कि भारत और उसके 38 करोड़ निवासियों को स्वतंत्र कराऊंगा. "

*नेताजी की आंखों से बहने लगे आंसू

उसके बाद नेताजी रुक गए. उनकी आवाज भावनाओं के कारण रुकने लगी. आंखों से आंसू बहकर गाल तक पहुंचने लगे. उन्होंने रूमाल निकालकर आंसू पोंछे. उस समय हर किसी की आंखों में आंसू आ गए. कुछ देर सुभाष को भावनाओं को काबू करने के लिए रुकना पड़ा.

* आखिरी सांस तक लड़ता रहूंगा

फिर उन्होंने पढ़ना शुरू किया, "मैं सुभाष चंद्र बोस, अपने जीवन की आखिरी सांस तक स्वतंत्रता की पवित्र लड़ाई लडता रहूंगा. मैं हमेशा भारत का सेवक रहूंगा. 38 करोड़ भाई-बहनों के कल्याण को अपना सर्वोत्तम कर्तव्य समझूंगा."

सुभाष चंद्र बोस जी : काफ़ी बेहतर जवाब दिया तुमने ।अगला सवाल : स्वतंत्रता आंदोलन में सुभाष चंद्र बोस की क्या भूमिका थी?

विवेक कुमार पांडे : जब सुभाष चंद्र बोस भारतीय प्रशासनिक सेवा को बीच में ही छोड़कर भारत आ गए। उन्होंने आंदोलन को मजबूती देने के लिए देश के बाहर जाकर आज़ादी के आंदोलन को मजबूती दी। उन्होंने आजाद हिंद फौज, आजाद हिंद सरकार और बैंक की स्थापना की और देश के बाहर हिंदुस्तान की आज़ादी के लिए अन्य देशों से समर्थन हासिल किया।

सुभाष चंद्र बोस जी : सवाल : सुभाष चंद्र बोस को कांग्रेस में शामिल होने के लिए किसने प्रेरित किया?

विवेक कुमार पांडे : भारत लौटने के बाद नेताजी सुभाष चंद्र बोस महात्मा गांधी के प्रभाव में आए और भारतीय राष्ट्रीय कांग्रेस में शामिल हो गए। गांधीजी के निर्देश पर,

उन्होंने देशबंधु चित्तरंजन दास के अधीन काम करना शुरू किया, जिन्हें बाद में उन्होंने अपने राजनीतिक गुरु के रूप में स्वीकार किया।

सुभाष चंद्र बोस जी : सवाल : क्या सुभाष चंद्र बोस ने सविनय अवज्ञा आंदोलन में भाग लिया था?

विवेक कुमार पांडे : असहयोग आंदोलन की ओर आकर्षित होने के कारण बोस स्वतंत्रता आंदोलन के सक्रिय कार्यकर्ता बन गए। उन्होंने सविनय अवज्ञा आंदोलन में भी भाग लिया था । जब वे कांग्रेस के हरिपुरा अधिवेशन में अध्यक्ष चुने गए, तो उन्होंने राष्ट्रीय एकता, योजना और जनता के संगठन पर जोर दिया।

सुभाष चंद्र बोस जी : सवाल: 3 मई 1939 को सुभाष चंद्र बोस ने कौन सी पार्टी बनाई थी?

विवेक कुमार पांडे : ऑल इंडिया फार्वर्ड ब्लाक भारत का एक राष्ट्रवादी राजनीतिक दल है। इस दल की स्थापना १९३९ में हुई थी। नेताजी सुभाषचन्द्र बोस नें इस दल की स्थापना की।

सुभाष चंद्र बोस जी : सवाल: सुभाष चंद्र बोस के राजनीतिक गुरु का नाम क्या था?

विवेक कुमार पांडे : सुभाष चंद्र बोस, विवेकानंद की शिक्षाओं से अत्यधिक प्रभावित थे और उन्हें अपना आध्यात्मिक गुरु मानते थे, जबकि चित्तरंजन दास उनके राजनीतिक गुरु थे। वर्ष 1921 में बोस ने चित्तरंजन दास की स्वराज पार्टी द्वारा प्रकाशित समाचार पत्र 'फॉरवर्ड' के संपादन का कार्यभार संभाला।

सुभाष चंद्र बोस जी : सवाल : वह कौन सी घटना है जिससे पता चलता है कि सुभाष समाज के प्रति सेवा भाव रखते थे?

विवेक कुमार पांडे : सुभाष चंद्र बोस जब कोलकाता के प्रेसीडेंसी कॉलेज में पढ़ रहे थे इस घटना ने सुभाष को अहसास कराया कि अंग्रेज भारतीय के साथ कितना खराब व्यवहार कर रहे हैं. इस घटना के बाद अंग्रेजों को लेकर सुभाष के मन में जो गुस्सा भरा, उसने उन्हें क्रांतिकारी बना दिया.

सुभाष चंद्र बोस जी : सवाल : सुभाष चंद्र बोस के बारे में निम्नलिखित में से कौन सा सत्य है ?

विवेक कुमार पांडे : सुभाष चंद्र बोस के बारे में निम्नलिखित में से कौन सा कथन सत्य है? व्याख्या: सुभाष चंद्र बोस का जन्म 23 जनवरी 1897 को कटक में हुआ था . बोस ने भारतीय सिविल सेवा परीक्षा के लिए क्वालीफाई किया लेकिन जल्द ही छोड़ दिया। वे भारतीय राष्ट्रीय कांग्रेस के सक्रिय सदस्य थे।

सुभाष चंद्र बोस जी : सवाल : अंग्रेज सरकार सुभाष से क्यों डरती थी?

विवेक कुमार पांडे : 1940 में जब हिटलर के बमवर्षक लंदन पर बम गिरा रहे थे, ब्रिटिश सरकार ने अपने सबसे बड़े दुश्मन सुभाष चंद्र बोस को कलकत्ता की प्रेसिडेंसी जेल में कैद कर रखा था. अंग्रेज़ सरकार ने बोस को 2 जुलाई, 1940 को देशद्रोह के आरोप में गिरफ़्तार किया

था.

सुभाष चंद्र बोस जी : सवाल : सुभाष के पिता की इच्छा के अनुरूप कौन कौन सी परीक्षा प्राप्त की?

विवेक कुमार पांडे : सुभाष चंद्र बोस के पिता जानकीनाथ बोस की इच्छा थी कि सुभाष आईसीएस बनें। यह उस जमाने की सबसे कठिन परीक्षा होती थी। सुभाष की आयु को देखते हुए केवल एक ही बार में यह परीक्षा पास करनी थी।

सुभाष चंद्र बोस जी : सवाल : दिल्ली चलो का नारा कब दिया था?

विवेक कुमार पांडे : दिल्ली चलो का नारा सुभाष चंद्र बोस द्वारा दिया गया था। उन्होंने 1944 में इस नारे का प्रयोग भारतीय राष्ट्रीय सेना (आईएनए) को प्रेरित करने के लिए किया था, जब आईएनए ने बर्मा के खिलाफ अपना सैन्य अभियान शुरू किया था।

सुभाष चंद्र बोस जी : सवाल : सुभाष चंद्र बोस क्यों प्रसिद्ध है?

विवेक कुमार पांडे : सुभाष चंद्र बोस (जिन्हें नेताजी भी कहा जाता है) को भारत के स्वतंत्रता आंदोलन में उनकी भूमिका के लिए जाना जाता है। असहयोग आंदोलन के भागीदार और भारतीय राष्ट्रीय कांग्रेस के नेता, वह अधिक उग्रवादी विंग का हिस्सा थे और समाजवादी नीतियों की वकालत के लिए जाने जाते थे।

सुभाष चंद्र बोस जी : सवाल : सुभाष चंद्र बोस का पारिवारिक पृष्ठभूमि क्या है?

विवेक कुमार पांडे : आजाद हिन्द फौज के सूत्राधार नेताजी सुभाष चन्द्र बोस का जन्म उड़ीसा राज्य के कटक स्थान पर 23 जनवरी 1897 को हुआ था। इनका परिवार बंगाल का एक सम्पन्न परिवार था। इनके पिता जानकी नाथ बोस बंगाल के एक प्रतिष्ठित और प्रसिद्ध वकील थे। इनकी माता प्रभावती धार्मिक और पतिव्रता स्त्री थी।

सुभाष चंद्र बोस जी : बहुत ही जल्दी जवाब दें रहो हो तुम। ठीक है अगला सवाल : सुभाष चंद्र बोस के कितने भाई हैं?

विवेक कुमार पांडे : यदि भारत के स्वतंत्रता संग्राम को कभी कागज पर उतारा जाता है, तो सबसे साहसी स्वतंत्रता संग्राम में एक नाम हमेशा रहेगा और वह कोई और नहीं, सुभाष चंद्र बोस को प्यार से नेताजी भी कहा जाता है। नेताजी सुभाष चंद्र बोस स्वतंत्रता संग्राम के उन नेताओं में से एक थे जिन्होंने अंग्रेजों के अत्याचार और दमन के साथ लड़ाई लड़ी और आजाद हिंद फौज की आधारशिला भी रखी। हालाँकि, उनके बारे में उपलब्ध सभी विवरणों के बीच, बहुत से लोग यह नहीं जानते हैं कि नेताजी सुभाष चंद्र बोस एक प्रिय पारिवारिक व्यक्ति भी थे।

जनवरी 1897 में जानकी नाथ बोस और प्रभाती बोस के घर जन्मे सुभाष चंद्र बोस के 13 भाई-बहन थे, जिनका नाम प्रमिलाबाला मित्रा, सरलबाला डे, साथिस चंद्र बोस, शरत चंद्र बोस, सुरेश चंद्र बोस, सुधीर चंद्र बोस, सुनील चंद्र बोस, तरुबाला रॉय था। मालिना दता, प्रोतिवा मित्रा, कनकलता मित्रा, शैलेश चंद्र बोस और संतोष चंद्र बोस। उनके सभी भाई-बहनों में सुनील और शरत विशिष्ट थे। सुभाष चंद्र बोस की शादी ऑस्ट्रियाई मूल की एक

महिला एमिली शेंकल से हुई थी। उनकी एक बेटी अनीता बोस फाफ भी थी।

आप कहे तो आपके बड़े भाई के बारे में कुछ बता दु अपने दर्शकों को ।

सुभाष चंद्र बोस : ठीक है बता दो ।

विवेक कुमार पांडे : सुभाष चंद्र बोस के बड़े भाई, शरत चंद्र बोस एक बैरिस्टर थे और स्वतंत्रता संग्राम का भी हिस्सा थे। वह अध्ययन करने के लिए इंग्लैंड गए थे, जहां वे लिंकन इन में अभ्यास करने गए थे। हालाँकि, उन्होंने इसे छोड़ दिया और स्वतंत्रता संग्राम में सक्रिय रूप से भाग लेने के लिए भारत आ गए। वह भारतीय राष्ट्रीय कांग्रेस के सक्रिय सदस्य भी थे और आईएनए के प्रयासों का नेतृत्व भी करते थे। उनका विवाह 1910 में बीवाबती देवी से हुआ था और उनके 8 बच्चे थे। उनका निधन 60 वर्ष की आयु में 1950 में कोलकाता में हुआ था।

सुभाष चंद्र बोस जी : सवाल : जब बोस ने नेहरू से पूछा आखिर आप हैं कौन?

विवेक कुमार पांडे : यह हो ना सका। बोस को लगता था कि नेहरू से मुलाकात करके भी बहुत हल नहीं निकल सकते। उन्होंने पिछली मुलाकात का ज़िक्र करते हुए लिखा, 'पिछले वर्ष जब आप यूरोप से वापस आए, तो मैं इलाहाबाद आकर आपसे मिला और आपसे पूछा था कि आप हमारा नेतृत्व किस प्रकार करेंगे?

सुभाष चंद्र बोस जी : सवाल : सुभाषचंद्र बोस पत्र के माध्यम से क्या कहना चाहते थे दो वाक्यों में लिखकर बताइए?

विवेक कुमार पांडे : नेताजी ने अपने भतीजे अमिय नाथ को 1939 में भेजे पत्र में लिखा था, 'मेरा किसी ने भी उतना नुकसान नहीं किया जितना जवाहरलाल नेहरू ने किया. ' महात्मा गांधी की राजनैतिक विरासत के दोनों दावेदार थे. संपूर्ण आजादी को लेकर बोस के आग्रह से गांधी को दिक्कत थी, लिहाजा उन्होंने बोस की जगह नेहरू को अपना राजनैतिक उत्तराधिकारी चुना ।

सुभाष चंद्र बोस जी : सवाल : नेता जी ने नौकरी क्यों नहीं की?

विवेक कुमार पांडे : जब-जब भारत के महान स्वतंत्रता सेनानियों की गाथा लिखी जाएगी उसमें नेताजी सुभाष चंद्र बोस का नाम स्वर्ण अक्षरों में अंकित रहेगा। नेताजी ने 'तुम मुझे खून दो, मैं तुम्हें आजादी दूंगा' के नारे से भारत में राष्ट्रभक्ति की ज्वार को पैदा किया जो स्वतंत्रता संग्राम के दौरान बेहद कारगर साबित हुआ। भारत के स्वतंत्रता संग्राम में नेताजी का योगदान अभूतपूर्व रहा है। भारत को गुलामी की बेड़ियों से आजाद कराने के लिए सुभाष चंद्र बोस ने कई आंदोलन किए जिसकी वजह से उन्हें जेल भी जाना पड़ा। अंग्रेजो के खिलाफ भारत की लड़ाई को और तेज करने के लिए नेताजी ने आजाद हिंद फौज का गठन किया था। इतिहास के विशेषज्ञ यह बताते हैं कि नेताजी सुभाष चंद्र बोस की कथनी और करनी में गजब की समानता थी। वह जो कहते थे, उसे हर हाल में करके दिखाते थे। यही कारण था कि विश्व के बड़े दिग्गज भी उनसे घबराते थे। चलिए आपको नेता जी के जीवन के कुछ किस्सों के बारे में बताते हैं।

भारत के स्वतंत्रता संग्राम के दौरान सुभाष चंद्र बोस की लोकप्रियता बहुत अधिक थी। भारत के लोग उन्हें प्यार से 'नेता जी' कहते थे। उनके व्यक्तित्व एवं वाणी में एक जोश एवं आकर्षण था और यही कारण था कि उनकी अपील पर हर भारतवासी गौर करता था। उनके हृदय में राष्ट्र के लिए मर मिटने की चाहत थी। जानकार बताते हैं कि नेताजी के हर कदम से अंग्रेजी सरकार घबराती थी।

- कहा जाता है कि भारत के स्वतंत्रता संग्राम के दौरान ही नेता जी हिटलर से मिलने गए थे। इस दौरान उन्हें एक कमरे में बैठा दिया गया था। उस समय वित्तीय विश्वयुद्ध चल रहा था और हिटलर के जान को खतरा था। थोड़ी ही देर बाद हिटलर की शक्ल का एक शख्स नेताजी से मिलने आया और उनकी तरफ अपने हाथ को बढ़ाया। नेताजी ने हाथ तो मिला लिया लेकिन मुस्कुराते हुए यह भी कहा आप हिटलर नहीं हो सकते हैं। यह सुनते ही वह शख्स चौंक गया।

- हालांकि यह सिलसिला रुका नहीं। ठीक कुछ देर बाद एक और शख्स उनसे मिलने आता है। वह भी नेताजी से हाथ मिलाता है। लेकिन इस समय भी नेता जी कहते हैं कि वह हिटलर से मिलने आए हैं ना कि उनके बॉडी डबल से। कहा जाता है कि इसके बाद खुद हिटलर आया और उसे नेताजी ने पहचान लिया। हिटलर को परिचय देते हुए नेताजी ने बताया कि मैं सुभाष हूं भारत से आया हूं। आप हाथ मिलाने से पहले कृपया दस्ताने उतार दें क्योंकि मैं मित्रता के बीच में कोई दीवार नहीं चाहता। नेताजी के इस आत्मविश्वास को देखकर हिटलर भी उनका कायल हो गया था।

- नेताजी पढ़ाई लिखाई में बहुत तेज थे। उन्होंने भारतीय प्रशासनिक सेवा की परीक्षा भी उत्तीर्ण की थी। लेकिन उन्होंने भी आजादी के दीवानों की तरह ही सरकारी नौकरी का मोह नहीं किया। देश प्रेम की वजह से उन्होंने अंग्रेजी नौकरी ठुकरा दी। सरकारी नौकरी से इस्तीफा देकर सबको हैरान कर दिया।

नेताजी सुभाष चंद्र बोस बंगाल के देशभक्त चितरंजन दास की प्रेरणा से राजनीति में आए थे। उन्होंने गांधीजी के असहयोग आंदोलन में भी भाग लिया और जेल गए। कांग्रेस में वह लगातार आगे बढ़ते गए और 1939 में उन्हें पार्टी का अध्यक्ष भी चुन लिया गया। हालांकि नेताजी के विचार कांग्रेस और गांधीजी के अहिंसावादी विचार से मेल नहीं खाती थी और इसी कारण उन्होंने कांग्रेस छोड़ दिया। इसके बाद सुभाष चंद्र बोस ने फॉरवर्ड ब्लॉक की स्थापना की। उन्होंने पूर्ण स्वराज का लक्ष्य रखा और नारा दिया जय हिंद।

- 21 अक्टूबर 1943 को नेताजी सुभाष चंद्र बोस ने सिंगापुर में आजाद भारत के अस्थायी सरकार की घोषणा की थी। इस दौरान उन्होंने नए सिरे से आजाद हिंद फौज का गठन भी किया और उसमें जान फूंक दी। बोस की इस सरकार को जर्मनी, जापान, फिलीपींस, कोरिया, इटली और आयरलैंड जैसे देशों ने तुरंत मान्यता भी दे दी थी। उसी दौरान जापान ने अंडमान और निकोबार द्वीप समूह को इस अस्थाई सरकार को दे दिए थे। 30 दिसंबर 1943 को इन द्वीपों पर आजाद भारत का झंडा फहराया गया था।

एक परिचय

सुभाष चंद्र बोस का जन्म 23 जनवरी 1897 को उड़ीसा के कटक में हुआ था। उनके पिता जानकीदास बोस एक वकील थे। नेताजी सुभाष चंद्र बोस की प्रारंभिक शिक्षा कटक में ही हुई। बाद में वह उच्च शिक्षा के लिए कोलकाता चले गए। नेताजी को जलियांवाला बाग कांड ने इस कदर विचलित किया कि वह आजादी की लड़ाई में कूद पड़े। उन्होंने कोलकाता के प्रेसिडेंसी कॉलेज और स्कॉटिश चर्च कॉलेज से पढ़ाई की है। नेताजी ने असहयोग आंदोलन से प्रभावित होकर 1921 में सरकारी नौकरी से इस्तीफा दे दिया। स्वराज अखबार के जरिए बंगाल में कांग्रेस के प्रचार प्रसार की भी जिम्मेदारी संभाली। 1923 में कांग्रेस युवा मोर्चा के राष्ट्रीय अध्यक्ष बने। 1928 में जब साइमन कमीशन भारत आया तब कांग्रेस ने उसे काले झंडे दिखाए थे। सुभाष चंद्र बोस ने इस आंदोलन का नेतृत्व किया था। सुभाष चंद्र बोस को 11 बार जेल हुई है। उन्होंने आजाद हिंद फौज का गठन किया था और अंग्रेजी हुकूमत के खिलाफ जमकर लड़ाई लड़ी थी।

सुभाष चंद्र बोस जी : सवाल : सुभाष चंद्र बोस ने गांधी जी को राष्ट्रपिता कब कहा?

विवेक कुमार पांडे : किसने दी थी - 4 जून 1944 को सुभाष चन्द्र बोस ने सिंगापुर रेडियो से एक संदेश प्रसारित करते हुए महात्मा गांधी को 'देश का पिता' (राष्ट्रपिता) कहकर संबोधित किया।

सुभाष चंद्र बोस जी : सवाल : सुभाष चंद्र बोस ने महात्मा गांधी को क्या कहा था?

विवेक कुमार पांडे : नेताजी सुभाषचंद्र बोस के जीवन पर महात्मा गांधी के विचारों का भी प्रभाव था, भले ही आजादी की जंग में गांधीजी से उनके मतभेद रहे हों, लेकिन बोस ने ही गांधीजी सबसे पहले राष्ट्रपिता की उपाधि दी थी। 1938 और 1939 में नेताजी सुभाषचंद्र बोस कांग्रेस अध्यक्ष भी बने। हालांकि, 1939 में महात्मा गांधी और कांग्रेस आलाकमान के साथ मतभेदों के बाद उन्होंने कांग्रेस के अध्यक्ष पद से इस्तीफा दे दिया और पार्टी से अलग हो गए।

नेताजी सुभाषचंद्र बोस के जीवन पर महात्मा गांधी के विचारों का भी प्रभाव था, भले ही आजादी की जंग में गांधीजी से उनके मतभेद रहे हों, लेकिन बोस ने ही गांधीजी सबसे पहले राष्ट्रपिता की उपाधि दी थी। 1938 और 1939 में नेताजी सुभाषचंद्र बोस कांग्रेस अध्यक्ष भी बने। हालांकि, 1939 में महात्मा गांधी और कांग्रेस आलाकमान के साथ मतभेदों के बाद उन्होंने कांग्रेस के अध्यक्ष पद से इस्तीफा दे दिया और पार्टी से अलग हो गए। जब सुभाष जेल में थे तब गांधीजी ने अंग्रेज सरकार से समझौता किया और सब कैदियों को रिहा करवा दिया। लेकिन अंग्रेज सरकार ने भगत सिंह जैसे क्रान्तिकारियों को रिहा करने से साफ इंकार कर दिया। नेजाती ने भगत सिंह की फांसी रुकवाने का भरसक प्रयत्न किया। भगत सिंह को न बचा पाने पर सुभाष गांधी और कांग्रेस से नाराज हो गए। 1939 में महात्मा गांधी और कांग्रेस आलाकमान के साथ मतभेदों के बाद उन्होंने कांग्रेस के अध्यक्ष पद से इस्तीफा दे दिया था और पार्टी से अलग हो गए।

जब रेडियो स्टेशन से नेताजी ने गांधीजी को राष्ट्रपिता कहकर किया था संबोधित

सुभाष चंद्र बोस भले ही महात्मा गांधी के विचारों से सहमत नहीं थे, लेकिन वे उनका काफी सम्मान करते थे। वे महात्मा गांधी को राष्ट्रपिता बुलाने वाले सबसे पहले शख्स थे। उन्होंने महात्मा गांधी से कुछ मुलाकातों के बाद ही उन्हें यह उपाधि दी। इसके बाद अन्य लोग भी गांधीजी को राष्ट्रपिता बोलने लगे। बोस ने रंगून के रेडियो चैनल से महात्मा गांधी को संबोधित करते हुए पहली बार राष्ट्रपिता कहा था।

सुभाष चंद्र बोस जी : बहुत बढ़िया । अगला सवाल

विवेक कुमार पांडे : जरा रूकिए एक सवाल आया है । किसने ने एक बढ़िया सवाल पूछा है पहले उसका जवाब दे दु । सवाल है "नेताजी गांधी से बेहतर क्यों है?

जवाब : नेताजी अंग्रेजों को हटाने के लिए महात्मा गांधी के अहिंसक आंदोलन के दृष्टिकोण से भिन्न थे। नेताजी का मानना था कि अहिंसा एक विचारधारा हो सकती है लेकिन पंथ नहीं । राष्ट्रीय आंदोलन को हिंसा से मुक्त होना चाहिए लेकिन जरूरत पड़ने पर लोग हथियारों का सहारा ले सकते हैं।

सुभाष चंद्र बोस जी : क्यों जीवन में 11 बार जेल गए सुभाष चंद्र बोस, कैद में रहते हुए लड़ा था मेयर का चुनाव ?

विवेक कुमार पांडे : एक क्रान्तिकारी कोलकाता के पुलिस अधीक्षक चार्लस टेगार्ट को मारना चाहता था. लेकिन उसने गलती से अर्नेस्ट डे नामक एक व्यापारी को मार डाला. इसके लिए उसे फांसी की सजा दी गई. गोपीनाथ को फांसी होने के बाद सुभाष फूट-फूट कर रोए थे.

नेताजी सुभाषचन्द्र बोस ने अंग्रेजों से कई बार लोहा लिया. वो सर्वोच्च प्रशासनिक सेवा को छोड़कर देश को आजाद कराने की मुहिम का हिस्सा बन गए. इस दौरान ब्रिटिश सरकार ने उनके खिलाफ कई मुकदमें दर्ज किए. जिसका नतीजा ये हुआ कि सुभाष चंद्र बोस को अपने जीवन में 11 बार जेल जाना पड़ा. वे सबसे पहले 16 जुलाई 1921 को जेल गए थे. जब उन्हें छह महीने के लिए सलाखों के पीछे जाना पड़ा था.

इसके बाद वे दूसरी बार 1925 में जेल गए. हुआ यूं कि गोपीनाथ साहा नामक एक क्रान्तिकारी कोलकाता के पुलिस अधीक्षक चार्लस टेगार्ट को मारना चाहता था. उसने गलती से अर्नेस्ट डे नामक एक व्यापारी को मार डाला. इसके लिए उसे फांसी की सजा दी गई. गोपीनाथ को फांसी होने के बाद सुभाष फूट-फूट कर रोए थे. उन्होंने गोपीनाथ का शव मांगकर उसका अन्तिम संस्कार किया.

इस बात से अंग्रेज़ सरकार को लगा कि सुभाष का संबंध क्रांतिकारियों से है. साथ ही वो उन्हें उकसाते भी हैं. बस इसी बहाने अंग्रेज़ी सरकार ने सुभाष को गिरफ़्तार किया और बिना कोई मुकदमा चलाए उन्हें अनिश्चित काल के लिये म्यांमार की माण्डले जेल में बन्दी बनाकर भेज दिया.

फिर 5 नवम्बर 1925 की बात है. देशबंधु चित्तरंजन दास का कोलकाता में निधन हुआ. सुभाष ने उनकी मृत्यु की खबर माण्डले जेल में रेडियो पर सुनी. माण्डले जेल में रहते समय सुभाष की तबीयत बहुत खराब हो गई. उनकी हालत बहुत खराब थी. लेकिन अंग्रेज़ सरकार ने फिर भी उन्हें रिहा करने से इनकार कर दिया. बाद में सरकार ने उन्हें रिहा करने की शर्त रखी कि वे इलाज के लिये यूरोप चले जाएं. लेकिन सरकार ने यह साफ नहीं किया कि इलाज के बाद वे भारत कब लौट सकते हैं.

इसलिए सुभाष ने यह शर्त नहीं मानी. आखिर में उनकी हालत बहुत बिगड़ गई. जेल अधिकारियों को लगा कि शायद वे कारावास में ही उनकी मौत न हो जाए. अंग्रेज़ सरकार यह खतरा भी नहीं उठाना चाहती थी. लिहाजा सरकार ने उन्हें रिहा कर दिया. इसके बाद सुभाष इलाज के लिये डलहौजी चले गए. लेकिन इसके कुछ दिन बाद ही उन्हें फिर से गिरफ्तार कर लिया गया.

वर्ष 1930 में सुभाष जेल में बंद थे. लेकिन उन्होंने जेल से ही कोलकाता के मेयर का चुना लड़ा और वे जीत गए. इसलिए सरकार उन्हें रिहा करने पर मजबूर हो गई. 1932 में सुभाष को फिर से गिरफ्तार कर लिया गया. इस बार उन्हें अल्मोड़ा जेल में रखा गया. अल्मोड़ा जेल में उनकी तबीयत फिर से खराब होने लगी. इस बार नेताजी ने डॉक्टरों की सलाह मान ली और वे इलाज के लिये यूरोप जाने को राजी हो गए. इसके बाद वे यूरोप चले गए. वहां रहकर भी भारत की आजादी के लिए अपनी कोशिशों में लगे रहे. इस तरह से कुल मिलाकर उन्हें 11 बार जेल जाना पड़ा था.

सुभाष चंद्र बोस जी : सवाल : सुभाष चंद्र बोस जयंती 2022: आजाद हिंद फौज की स्थापना और नेताजी का आजादी के लिए संघर्ष विस्तार में बताओ ।

विवेक कुमार पांडे : आज स्वतंत्रता सेनानी और क्रांतिकारी नेताजी सुभाष चंद्र बोस की जयंती है। सुभाषचंद्र बोस के जन्मदिन को भारत सरकार द्वारा पराक्रम दिवस के रूप में भी मनाया जा रहा है। सुभाष चंद्र बोस का जन्म उड़ीसा के कटक में एक संपन्न बंगाली परिवार में हुआ था।

सुभाष चंद्र बोस में बचपन से ही देश के प्रति प्रेम था। यह प्रेम स्वतंत्रता आंदोलन के समय देखा गया। जब सुभाष चंद्र बोस भारतीय प्रशासनिक सेवा को बीच में ही छोड़कर भारत आ गए। उन्होंने आंदोलन को मजबूती देने के लिए देश के बाहर जाकर आज़ादी के आंदोलन को मजबूती दी।

आज स्वतंत्रता सेनानी और क्रांतिकारी नेताजी सुभाष चंद्र बोस की जयंती है। सुभाषचंद्र बोस के जन्मदिन को भारत सरकार द्वारा पराक्रम दिवस के रूप में भी मनाया जा रहा है। सुभाष चंद्र बोस का जन्म उड़ीसा के कटक में एक संपन्न बंगाली परिवार में हुआ था। सुभाष चंद्र बोस में बचपन से ही देश के प्रति प्रेम था। यह प्रेम स्वतंत्रता आंदोलन के समय देखा गया। जब सुभाष चंद्र बोस भारतीय प्रशासनिक सेवा को बीच में ही छोड़कर भारत आ गए।

उन्होंने आंदोलन को मजबूती देने के लिए देश के बाहर जाकर आज़ादी के आंदोलन को मजबूती दी। उन्होंने आजाद हिंद फौज, आजाद हिंद सरकार और बैंक की स्थापना की और देश के बाहर हिंदुस्तान की आज़ादी के लिए अन्य देशों से समर्थन हासिल किया। वह युवाओं की प्रेरणा थे और 41 वर्ष की आयु में 1938 में अखिल भारतीय राष्ट्रीय कांग्रेस के अध्यक्ष निर्वाचित हुए थे।

*युवाओं के प्रेरणास्रोत

नेताजी ने भारतीय युवाओं में देशभक्ति की लौ जगाई और उनके भीतर राष्ट्र प्रेम और उसके लिए बलिदान का भाव जगाया और नारा दिया- 'तुम मुझे खून दो, मैं तुम्हें आजादी दूंगा।' यह नारा अपने समय में युवाओं के लिए इंकलाब नारा था। इसी ने विदेशी जमीन में देश की आजादी की लड़ाई के लिए एक सेना तैयार की। 'स्वाधीनता संग्राम के क्रान्तिकारी साहित्य का इतिहास' पुस्तक में मदनलाल वर्मा 'क्रान्त' सुभाष चंद्र बोस के शब्दों में लिखते हैं कि 'मैं जानता हूँ कि ब्रिटिश सरकार भारत की स्वाधीनता की मांग कभी स्वीकार नहीं करेगी।

मैं इस बात का कायल हो चुका हूं कि यदि हमें आजादी चाहिए तो हमें खून के दरिया से गुजरने को तैयार रहना चाहिए। अगर मुझे उम्मीद होती कि आजादी पाने का एक और सुनहरा मौका अपनी जिन्दगी में हमें मिलेगा तो मैं शायद घर छोड़ता ही नहीं। मैंने जो कुछ किया है अपने देश के लिये किया है। विश्व में भारत की प्रतिष्ठा बढ़ाने और भारत की स्वाधीनता के लक्ष्य के निकट पहुंचने के लिए किया है। भारत की स्वाधीनता की आखिरी लड़ाई शुरू हो चुकी है।

आज़ाद हिन्द फौज के सैनिक भारत की भूमि पर सफलतापूर्वक लड़ रहे हैं। हे राष्ट्रपिता! भारत की स्वाधीनता के इस पावन युद्ध में हम आपका आशीर्वाद और शुभकामनाएं चाहते हैं। सुभाषचन्द्र बोस द्वारा ही गांधी जी के लिए प्रथम बार राष्ट्रपिता शब्द का प्रयोग किया गया था'।

सुभाषचंद्र बोस ने भारत से बाहर जाकर युद्ध में अंग्रेजों के विरुद्ध शक्तियों से सहायता न केवल सहायता ली, एक सेना भी संगठित की। जिसका उद्देश्य भारत में विदेशी शक्तियों से युद्ध करना और भारत की आज़ादी हासिल करना था।

*आजादी का आंदोलन और सुभाष बाबू

भारत में स्वाधीनता आंदोलन के दौरान एक आंदोलन देश के भीतर हो रहा था और दूसरा देश के बाहर सिंगापुर में। देश के भीतर आंदोलन का नेतृत्व महात्मा गांधी कर रहे थे और देश के बाहर आंदोलन का नेतृत्व सुभाष चंद्र बोस कर रहे थे। उन्होंने बर्लिन में स्वतंत्र भारत केंद्र की स्थापना की जिसके बीस सदस्य भारतीय थे। स्वतंत्र भारतीय केंद्र आजाद भारत की अस्थाई सरकार का अग्रगामी रूप था।

सुभाष चंद्र बोस ने न केवल यूरोप में स्वतंत्र भारत केंद्र, भारतीय सैन्य दल, यूरोप में राष्ट्रीय विचारों के भारतीयों का संगठन, गुप्त भारतीय रेडियों केंद्र को संगठित किया एवं

अंत में एशिया के लिए पनडुब्बी की रहस्मय यात्रा की। जिस दिन से भारतीय सैन्य दल (आजाद हिंद फ़ौज) का निर्माण आरंभ हुआ, उसी दिन से सैन्य दल के सदस्य उन्हें नेताजी कहकर संबोधित करने लगे।

आजाद हिंद रेडियो से समाचार प्रसारण का कार्य 1941 में सात भारतीय भाषाओं(अंग्रेजी, हिंदुस्तानी, बंगला, फारसी, तमिल, तेलुगु और पश्तों) में आरंभ होता है। जर्मनी में स्वतंत्र भारत केंद्र एवं भारतीय सैन्य दल का निर्माण करना नेताजी का प्राथमिक लक्ष्य था।

इस सैन्य दल के बीच 'जयहिंद' अधिकृत अभिवादन माना गया था और रवीन्द्रनाथ टैगोर द्वारा रचित 'जन गन मन' राष्ट्रीय गान था। 21 अक्तूबर 1943 को आजादी के इतिहास में एक स्वर्णिम दिन भी माना जाता है क्योंकि इस दिन सिंगापुर में नेताजी सुभाषचंद्र बोस ने स्वतंत्र भारत की अस्थायी सरकार की घोषणा की थी।

'अस्थायी सरकार का कार्य होगा कि वह भारत से अंग्रेजों और उनके मित्रों को निष्कासित करे। अस्थायी सरकार का यह भी कर्तव्य होगा कि भारतीयों की इच्छा अनुकूल और उनके विश्वास की आजाद हिंद की स्थायी सरकार का निर्माण करे।' आजाद हिंद की अस्थायी सरकार की घोषणा के बाद ही सिंगापुर में झांसी की रानी रेजिमेंट के लिए एक शिविर खोला गया।

इसमें किसी भी वर्ग की महिलाएं लड़ाकू सैनिकों, नर्स, अथवा रेजिमेंट में अन्य किसी सहयोगी कार्य के स्वयं- सेविका का प्रशिक्षण ले सकती थी। वह आजादी का दौर ही ऐसा था कि समृद्ध, कान्वेन्ट से शिक्षित युवतियों अपना परिवार छोड़कर इस सैन्य दल का हिस्सा बनती हैं।

आजाद हिंद फौज में झांसी की रानी रेजिमेंट पुरुषों की रेजिमेंट की सहयोगी टुकड़ी थी। इस दल की संचालिका एक सेनानी लक्ष्मी सहगल थी। लक्ष्मी सहगल आजाद हिन्द फौज में स्त्रियों की भागीदारी व स्त्रियों संबंधित मामलों की मंत्री थी यह पेशे से डॉक्टर थी। 'आजाद हिंद फौज की कहानी' पुस्तक में 'अय्यर एस.ए.' में आजाद हिन्द फौज में स्त्रियों की भागीदारी के संदर्भ में लक्ष्मी सहगल बताती हैं कि "कि सेना में महिलाओं की भर्ती के लिए उन्हें नेताजी को किस प्रकार तैयार करना पड़ा था।

वे घर-घर गई और उन्होंने महिलाओं के साथ चर्चाएं करके जब लगभग 2000 महिलाओं को इकट्ठा कर लिया तब नेताजी उनके सम्मुख भाषण देने का निश्चय किया। उनमें से उपयुक्त महिलाओं की भर्ती करके डच राइफलें दी गई। 23 अक्तूबर, 1943 को 300 प्रतिशत महिलाओं को लेकर रानी झांसी रेजिमेंट का गठन किया गया था। मार्च 1944 तक हम एक हज़ार हो गई थी"।

*आजाद हिंद फौज और स्वतंत्रता आंदोलन

इस तरह आजाद हिन्द फ़ौज में महिलाओं के योगदान को भुलाया नहीं जा सकता है। यह महिलाओं का स्वतंत्र दल था जो देश की स्वाधीनता के लिए युद्ध के उद्देश्य से तैयार

किया गया था। लक्ष्मी सहगल बाद के वर्षों में भारतीय कम्युनिस्ट पार्टी के महिला मोर्चे व अखिल भारतीय लोकतांत्रिक महिला संघ की सदस्य बनती हैं।

आजाद हिंद फौज आज भी पुरानी पीढ़ी के लिए एक ऐसा नाम है जिसने गुलाम भारत को आजाद करवाने में अपना सर्वस्व बलिदान कर दिया था। जिसके कितने ही सैनिक कैदी बना दिए गये तो कितने ही हत्या कर दिए गये। जो बचे भी रहे तो गुमनाम हो गए।

इतिहास के पन्नों में हम जब भी आजादी के आंदोलन का इतिहास पढ़ते व पढ़ाते हैं तो देश के भीतर की पूरी व्यवस्था को अवश्य बताते हैं सारे नाम याद करवाते हैं लेकिन देश के बाहर अपने ही देश के उन सिपाहियों को भूल जाते हैं जिन्होंने विपरीत स्थितियों में देश की स्वतंत्रता के लिए एक मजबूत संगठन बनाया और अपना पूरा जीवन देश सेवा में लगा दिया।

बेशक जिस उद्देश्य के लिए आई.एन.ए बनाई गई थी, वह तत्कालीन स्थितियों व परिस्थितियों के कारण सफल नहीं होती है और उसके सैनिक बंदी बना लिए जाते हैं। बावजूद इसके यह एक ऐसा संगठन था, जिसने द्वितीय विश्वयुद्ध में देश को न केवल बाहरी देशों से सुरक्षित किया था; बल्कि देश के भीतर चल रहे राष्ट्रीय आंदोलन को भी मजबूती दी थी।

यह पहला ऐसा सैन्य दल था जिसमें महिलाएं भी सैन्य भूमिका में भारत की आजादी लिए बलिदान के लिए तत्पर थी। महात्मा गांधी के साथ महिलाएं अहिंसावादी नीति के साथ आंदोलन का हिस्सा थी तो वहीं नेताजी के साथ महिलाओं का एक अलग ही सैन्य रूप 'झांसी रानी रेजिमेंट' के रूप में मिलता है।

आज नेताजी सुभाष चंद्र बोस की जयंती है और पराक्रम दिवस है। इस दिवस में उन सभी लोगों को याद करना अनिवार्य हो जाता है जिन्होंने स्वतंत्रता आंदोलन में अपना सर्वस्व देश के लिए बलिदान कर दिया। बेशक यह वे लोग हैं जिन्हें कभी किसी ने देखा नहीं, कभी इनके नामों को सुना नहीं। लेकिन फिर भी वह अदृश्य सैन्य संगठन और उससे जुड़े सभी लोग हमारी आजादी का प्रतिनिधित्व करने में उतने ही भागीदार है जितने की देश के भीतर आंदोलन करने वाले रहे हैं।

सुभाष चंद्र बोस जी : सवाल : क्यों वो समय जब ध्यान साधना करना पसंद करते थे नेताजी सुभाष चंद्र बोस ?

विवेक कुमार पांडे : नेताजी सुभाष चंद्र बोस का एक पक्ष अगर राजनीति और आजादी की लड़ाई थी तो दूसरा पक्ष आध्यात्मिकता थी. वो हर हाल वो रोज योग साधना करते थे. उनका जीवन किशोरवय से आध्यात्मिक विचारों से प्रभावित था. यहां तक जब वो आजाद हिंद फौज की स्थापना के दौरान जब जापान में थे, तब भी रोजाना अपने कमरे में योग-साधना जरूर करते थे. तब वो एकांत में रहना पसंद करते थे. हालांकि वो हमेशा लोगों के बीच होते थे लेकिन रात में जैसे ही एकांत मिलता, वो ध्यान साधना में लीन हो जाते.

सुभाष चंद्र बोस हमेशा साथ जिन चीजों को रखते थे, उसमें भगवत गीता भी थी. जिसे वो रोज पढ़ते थे. इससे उन्हें शांति और शक्ति मिलती थी. उसी के अनुरूप वो काम करना पसंद करते थे.

रात में भोजन के बाद वो आमतौर पर विश्राम करते. उस समय वो आमतौर पर बहुत कम लोगों से मिलना पसंद करते थे. अगर कोई आ भी जाता था, तो उन्हें ज्यादातर मौन ज्यादा पाता था. तब वो बहुत कम बोलते थे. उस समय वो आमतौर पर शांति चाहते थे.

वो रोज रात में देर में सोने वाले शख्स थे. आमतौर पर वो रात में रोज 02-03 बजे तक बिस्तर पर जाते थे. लेकिन जब सोकर उठते थे तो उनके मुंह पर तेज और आभा नजर आती थी. सोते समय वो दिनभर के अपने कामों की आध्यात्मिक समीक्षा भी जरूर करते.

आजाद हिंद फौज की स्थापना के दौरान नेताजी के बारे में लोग कहते थे कि वो आम सैनिकों के साथ बैठकर वैसा ही साधारण भोजन करते थे. अगर कभी कोई खास व्यक्ति उनसे मिलने आता था, तभी उनके साथ अलग भोजन करते थे.

वो चाय और कॉफी के बहुत शौकीन थे. जब वो कोलकाता में अपने घर में होते थे तो दिन में 20-25 कप चाय के कप की चुस्कियां ले लेते थे. हालांकि वो सिगरेट भी पीते थे. कभी कभी तनाव के क्षणों में लोगों ने उन्हें चैन स्मोकिंग करते देखा. हालांकि उनके साथ रहने वाले लोगों का कहना था कि वो शायद ही कभी आपा खोते थे. हमेशा वो आमतौर पर कूल और शांत रहते थे.

वो पढ़ने के बहुत शौकीन थे. जेल में रहने के दौरान वो तरह तरह की किताबें पढ़ते थे. उनकी दिलचस्पी तमाम विषयों में थी. खासकर दुनियाभर में क्या हो रहा है, ये जानने में उनकी दिलचस्पी बहुत रहती थी. वो जितना पढ़ते थे, उतना ही लिखते थे और तमाम विषयों पर विश्लेषण युक्त लेख भी लिखते थे. उनके लेख तब कई देश-विदेश के अखबारों में प्रकाशित होते थे.

सुभाष चंद्र बोस मां काली के भक्त थे. ये भी कहा जाता है कि वह तंत्र साधना की शक्ति मानते थे. जब म्यांमार की मांडला जेल में थे, तब उन्होंने तंत्र मंत्र से संबंधित कई किताबें भी मंगाकर पढ़ी थीं. लियोनार्ड गार्डन अपनी किताब में कहते हैं कि सुभाष ने यद्यपि कभी धर्म पर कोई बयान नहीं दिया लेकिन हिंदू धर्म उनके लिए भारतीयता का हिस्सा था. गार्डन ने इसी किताब में लिखा कि सुभाष की मां दुर्गा और काली की भक्त थीं, जिसका असर सुभाष पर भी पड़ा. वो इन दोनों के उपासक थे. उन्हें कोलकाता की दुर्गा पूजा का इंतजार रहता था.

सुभाष चंद्र बोस जी : सवाल : जब सरदार पटेल ने सुभाष चंद्र बोस पर कर दिया था केस तब क्या हुआ ?

विवेक कुमार पांडे : 23 जनवरी 1897 को कटक में जन्मे नेताजी का कद क्रांतिकारियों में सबसे बड़ा है. अंग्रेजों से आजादी दिलाने के लिए उन्होंने देश और दुनिया की किसी सरहद की परवाह नहीं की. उनका जीवन जितना दिलचस्प था, उनकी मौत उतनी ही रहस्यमयी. आइए जानते हैं उनकी जिंदगी से जुड़े कुछ रोचक किस्से.

* भाई-भाई की लड़ाई में केस

साल 1930 की बात है. बर्मा की मंडले जेल में लंबा समय बिताकर बोस स्वदेश लौटे और कांग्रेस के महासचिव बनाए गए. कांग्रेस वॉलंटियर कॉर्प्स नाम से एक स्वयंसेवक संगठन बनाया. इस संगठन के मुखिया खुद सुभाष चंद्र बोस थे. ये समय ऐसा था कि अंग्रेज हुकूमत उनकी हर एक गतिविधि पर नजर रख रही थी.

जब वे कलकत्ता के मेयर पद पर थे और सविनय अवज्ञा आंदोलन में फिर से गिरफ्तार हो गए. फ्रैक्चर होने के चलते इनकी तबीयत खराब हो गई जिसके बाद उन्हें ऑस्ट्रिया पहुंचा दिया गया. वहां उनकी मुलाकात सरदार वल्लभ भाई पटेल के बड़े बाई विट्ठल भाई पटेल से हुई. बोस ने उनकी इतनी सेवा की कि विट्ठल पटेल उनसे प्रभावित हो गए. उन्होंने अपनी जायदाद का एक हिस्सा देश के काम आने के लिए सुभाष के नाम कर दिया. इस बात से सरदार पटेल सुभाष चंद्र बोस से नाराज हो गए और उन पर केस कर दिया. सुभाष चंद्र बोस वह केस हार गए.

*भेष बदलने में उस्ताद

सुभाष चंद्र के रूप बदलकर अंग्रेजों से बचने के कई किस्से फिल्मों और सीरियलों में दिखाए गए हैं. 1941 में अंग्रेजों ने नेताजी को एक घर में नजरबंद करके रखा हुआ था. उन्हें कम समय में बड़े काम करने थे इसलिए हाथ पर हाथ धरे नहीं बैठे रह सके. महानिष्क्रमण यात्रा नाम से एक प्रोग्राम बनाया और भेष बदलकर अंग्रेजों की कैद से भाग निकले.

रूप बदलकर कार से कलकत्ता से गोमो की यात्रा की. वहां से ट्रेन पकड़कर पेशावर गए. वहां से काबुल होते हुए जर्मनी पहुंचे और जर्मन तानाशाह अडॉल्फ हिटलर से मुलाकात की.

*जेल का किस्सा

1925 में सुभाष चंद्र बोस को अंग्रेजों ने कैद करके बर्मा की मंडले जेल भेज दिया था. मंडले जेल कैदियों के लिए बहुत खतरनाक थी क्योंकि वहां बेहद जरूरी चीजों का अभाव था और वह बीमारियों का गढ़ होती थी. सुभाष चंद्र बोस को पता था कि उनकी हालत जानकर घर वालों को दुख पहुंचेगा इसलिए पत्रों में कभी सच्चाई नहीं लिखते थे.

उन्हें वहीं पर टीबी की बीमारी हो गई थी. आज की तरह तब टीबी को हल्के में नहीं लिया जाता था बल्कि ये जानलेवा बीमारी हुआ करती थी. सुभाष ने अपने घर वालों को लिखा कि यहां मस्त होटल का खाना मिलता है. मैनेजर को पपीता पसंद है इसलिए यहां सब्जी, फल, अचार, हर जगह पपीते का प्रयोग किया जाता है.

घर वालों के मन में किसी तरह की शंका न आए इसके लिए वे मजेदार किस्से लिखा करते थे.एक बार उन्होंने लिखा कि यहां पहले बिल्लियों की फौज रहती थी जिनको घात लगाकर पकड़ा गया और दूर ले जाकर छोड़ दिया गया. उनमें से तीन बिल्लियां बहुत शरारती थीं, वे वापस लौट आईं. उनमें से एक का नाम टॉम था जिसने कबूतर को मार डाला. टॉम कैट पर मुकदमा चलाकर कड़ी सजा सुनाई गई लेकिन वैष्णव भावना होने के कारण उसे क्षमादान दिया गया.

मेरे ख्याल से एक छोटा सा ब्रेक लेना चाहिए हमें ।

सुभाष चंद्र बोस जी : ब्रेक मत लो अब मुझे जाना होगा । जाते जाते राष्टगान गा लेते हैं ।

विवेक कुमार पांडे : थोड़ी देर रूक जाइए ।

सुभाष चंद्र बोस जी : नहीं बस बहुत देर हो गया । राष्टगान शुरू करते हैं ।

जन-गण-मन अधिनायक जय है,

भारत-भाग्य-विधाता ।

पंजाब सिन्धु गुजरात मराठा,

द्राविड़ उत्कल बंग ।

विन्ध्य हिमाचल यमुना गंगा,

उच्छल जलधि तरंग ।

तव शुभ नामे जागे,

तव शुभ आशिष मांगे,

गाहे तव जय गाथा ।

जन-गण मंगलदायक जय है,

भारत-भाग्य-विधाता ।

जय है ! जय है !! जय है !!!

जय है ! जय है !! जय है !!!

जय हिन्द जय भारत

इतना कहकर सुभाष चंद्र बोस जी चले गए ।

स्टोरी खत्म हो जाने पर सभी बच्चों ने जोड़ जोड़ से तालियां बजाने लगे । मैम ने कहा विवेक बेटा तुमने स्टोरी तो बहुत ही जबरदस्त लिखा है । वाह । इस स्टोरी से जनरल नोलेज भी बढ गया होगा सभी बच्चों का । फिर मैम ने एनाउंस किया । सभी बच्चे लाइन बाय लाइन क्लास में जाएंगे । जाते जाते बच्चे बस यही कह रहे थे । वाह विवेक भईया बहुत अच्छा स्टोरी लिखा ता आपने । आज मैं भी घर जाकर एक स्टोरी लिखुंगा ।

मैम ने और बच्चों ने बहुत ज्यादा मोटीवेट किया ।

फिर मेरा दिमाग घुमा और मैंने गूगल पर खूब सर्च किया । बाद में मुझे एक पब्लिशर मिली गया । फिर मैंने अपना पहला किताब प्रकाशित किया । करीब स्टार्टिंग के 30 से 40 किताब फ्लॉप हो गए । फिर धीरे-धीरे करते मैंने 100 से ज्यादा किताब लिख दिया ।

फिर इतना रफ्तार आया किताबों की ढेर लगा दी । 1000 से ज्यादा किताबें लिखकर मैंने यंगेस्ट राइटर अवार्ड हासिल किया । साथ ही गिनीज वर्ल्ड रिकॉर्ड में रजिस्ट्रेशन कंप्लीट किया । लेकिन अभी तक गिनीज की तरफ से कुछ मैसेज नहीं आया । एक किताब को हमेशा से प्रकाशित करने का मन था । आज दो साल बाद 2023 में फाइनली इस किताब को मैंने प्रकाशित कर दिया । इस किताब का नाम "पगढाल" जो आप अभी पढ रहे हैं । मैंने इंटरव्यू

वाला एक और स्टोरी लिखा पर अब सुनाऊं किसको । चलिए मैं खुद पढ़के आप को सुना देता हूं । यह कहानी मैंने काल्पनिक लिखा जो में आपको अभी सुनाने वाला हूं । काल्पनिक मतलब एक नया क्रिएटिविटी स्टोरी । कहानी का पात्र जान लेते हैं ।

पात्र :

सचिन वर्मा (सैनिक)

मेजर गमित सिंह

मेजर ध्यानचंद

कर्नल भार्गव

लेफ्टिनेंट कर्नल विवेक कुमार पांडे (लेखक)

वीर अर्जुन (सैनिक)

इंदिरा गांधी (प्रधानमंत्री)

घनश्याम ओझा (मुख्यमंत्री)

ज़ुल्फ़िक़ार अली भुट्टो (पाकिस्तान का प्रधानमंत्री)

हरिचंद दीवान (एयर मार्शल)

शाहाजत खान

नुसरत भुट्टो (ज़ुल्फ़िक़ार अली भुट्टो कि पत्नी)

बेनज़ीर भुट्टो (ज़ुल्फ़िक़ार अली भुट्टो कि बेटी)

बेगम अख्तर

(वक़्त था 1972 का जब पाकिस्तान ने गुजरात के कच्छ में घुस कर करीब 70 से ज्यादा लोगों को बंदी बनाकर पाकिस्तान में लेकर आये । और जो जाने के लिए तैयार नहीं हो रहे थे । पाकिस्तानी उन्हें बेहरहमी से मार देते थे ।)

भारतीय नागरिक पाकिस्तानी सैनिकों से कहता है

भारतीय नागरिक : हमें कहा ले जा रहे हो । हमने तुम्हारा क्या बिगाड़ा है । जो हम सभी को मार रहे हो और बंदी बना रहे हो ।

पाकिस्तानी सैनिक : हम सभ तुम्हें स्वर्ग कि दुनिया में ले जा रहे हैं । जहां सिर्फ हम और तुम । हां हां हां हां

भारतीय नागरिक : लेकिन तुम ऐसा क्यों कर रहे हो । हमारे साथ । छोड़ दो हमें

पाकिस्तानी सैनिक : अच्छा मुझे ये बताओ तुम ने साहारा रेगिस्तान के बारे में तो सुना ही होगा ।

भारतीय नागरिक : हां सुना है ।

पाकिस्तानी सैनिक : उधर जाना पसंद करोगे ।

भारतीय नागरिक : क्यों ??

पाकिस्तानी सैनिक : तो हमें बता देना कि तुम्हरा लाश कौन से रेगिस्तान में और कौन जानवर के आगे डालना है । वैसे जानवर तो हम भी है जंगली नहीं है । तुम्हें पुरा नहीं खायेंगे

आधा ही खायेंगे समझे ।

(करीब रात दो बजने वाले थे पाकिस्तानी सैनिकों ने भारतीय नागरिकों को बंदी बना लिया था । और गांव में जितने भी घर थे उन्हें तबाह कर दिया था । फिर वह सभी को लेके पाकिस्तान (कोहलु) कि तरफ र वाना हो रहें होते तभी भारतीय सैनिक उनके फाइटर जेट और एरोप्लेन पर हमला करना शुरू कर देते हैं । पाकिस्तानी सैनिक भी हमला करना शुरू कर देते हैं । पाकिस्तानी सैनिक उनके एयर बेस को तबाह कर देते हैं । और करीब 4 से 5 भारतीय सैनिक घायल हो जाते हैं । पाकिस्तानी अपना फाइटर जेट लेके र वाना हो जाते हैं ।)

(भारतीय सैनिकों को नहीं पता था कि उस फाइटर जेट में भारतीय नागरिक है। जो पाकिस्तानी सैनिक उन्हें बंदी बनाकर पाकिस्तान ले कर जा रहे थे और वही फाइटर जेट पर भारतीय सैनिक हमला कर रहे थे ।)

(भारतीय सैनिकों को यह बात कि खबर लग जाती है ,कि पाकिस्तानी सैनिकों ने कच्छ में हमला किया है । मेजर गमित सिंह ने सभी बटालियन के सैनिकों को उस जगह पर आने को कहते है । करीब रात के 4 बज रहे थे।)

मेजर गमित सिंह : मुझे यह बात कहते हुए बहुत ही दुःखी हो रहा है कि पाकिस्तानीयो ने हमारे कच्छ बेस पर हमला किया है । जिस में हमारे 5 सैनिक घायल हो गए हैं ।

(भारतीय सैनिकों से कर्नल भार्गव गुस्से से कहते हैं)

कर्नल भार्गव : लेकिन वह कैसे घुस गए , रडार से कुछ सिंगनल नहीं आया । तुम लोग क्या कर रहे थे ।

सचिन वर्मा : सर सिंगनल तो आया था । पर जब उन्होंने ने एयर बेस को तबाह कर दिया था तब ।

वीर अर्जुन : सर हमने उनके फाइटर जेट को तबाह करने कि कोशिश कि पर तबाह नहीं कर पाए । हमने कोशिश तो किया था सर पर नाकामयाब रहे ।

मेजर ध्यानचंद : सर हमें । गांव के लोगों से पुछना चाहिए । क्योंकि पाकिस्तानी सैनिकों ने गांव पर भी हमला किया था ।

कर्नल भार्गव : शर्म आनी चाहिए तुम सब के रहते हुए । उन्होंने ने इतना कुछ कर दिया और तुम्हें पता भी नहीं चला।

लेफ्टिनेंट कर्नल विवेक कुमार : हां सर हमें एक बार गांव के लोगों से पूछना चाहिए ।

कर्नल भार्गव : ठीक है चलो वैसे भी तुम लोग कर भी क्या सकते हो । मुझे तो अभी भी विश्वास नहीं हो रहा है कि तुम सबके मौजूदगी में ऐसा हो गया । चलो गांव के लोगों से पुछते है ।

(कच्छ के एयरबेस से 2 से 3 किलों मीटर दूर गांव था । सभी सैनिक गांव पहुंचकर गांव के नागरिकों से पूछते हैं । और सभी सैनिकों ने देखा कि वहां पर तो दो-तीन लाश पड़े हैं और पूरा गांव को तहस-नहस कर डाला था पाकिस्तानी सैनिकों ने । गांव के लोगों की संख्या

भी कम दिख रही थी ।एक घायल पड़ा बूढ़ा व्यक्ति बेहोश पड़ा पानी पानी चिल्ला रहा था। सैनिक उन्हें उठाते हैं और पानी देते हैं और पुछते है क्या आप हमें बता सकते हैं कि यहां पर क्या हुआ था ।)

व्यक्ति : करीब रात के 1 : 30 बज रहे थे और मैं बाहर सोया था तभी मैंने बंदूकों की आवाज सुनी और जब देखा तो कुछ सैनिक एयरबेस पर हमला कर रहे थे और पाकिस्तानी सैनिकों ने पूरे गांव के लोगों को बंदी बनाकर पाकिस्तान लेकर गए हैं। जो नहीं जा रहे थे वह उन्हें बेहरहमी से मार देते थे ।

मेजर गमित सिंह : वह कितने लोग थे क्या बता सकते हैं अंदाजा ।

व्यक्ति : यह तो मैं नहीं जानता कि कितने लोग थे ,लेकिन एक फाइटर जेट था और एक बहुत बड़ा एरोप्लेन था वह जानता हूं। लेकिन जो भी हुआ वह बहुत ही भयानक और दर्दनाक हुआ उन्होंने मेरे परिवार के सदस्य और मेरे गांव के सदस्यों को जबरदस्ती बंदी बनाकर पाकिस्तान लेकर गए हैं।

कर्नल भार्गव : इसका मतलब जब हमारे सैनिकों ने उनके दो फाइटर जेट पर हमला किया उसमें हमारे देश के नागरिक भी मौजूद थे । कहीं गोलियां तो उनको भी नहीं लगा होगा ना ।

मेजर ध्यानचंद : सर मेरे ख्याल से दो तीन गोलियां तो लगा ही होगा ।

वीर अर्जुन : इसका बदला में जरूर लूंगा सर मैं क्या हमारी पूरी भारतीय सेना इन पाकिस्तानी सैनिकों को ईंट का जवाब पत्थर से देंगे ।

कर्नल भार्गव : लेकिन वह गांव के लोगों को बंदी बनाकर क्यों लेकर गए ।

(तभी बूढ़ा व्यक्ति बोला कर्नल भार्गव से)

व्यक्ति : वह लोग कह रहे थे कि तुम्हारा लाश हम कोई अच्छे रेगिस्तान में फिंकवा देंगे । और पूछ रहे थे कि कौन सा जानवर तुम्हें खाए तो ठीक लगेगा या फिर हम ही खा जाए हम भी तो एक जानवर ही हैं।

मेजर ध्यानचंद : सर हमें जल्दी ही कुछ करना पड़ेगा वरना वह पाकिस्तानी हमारे गांव के लोगों को खत्म कर देंगे।

कर्नल भार्गव : मैं जानता हूं कि वह पाकिस्तानी उन्हें इतनी आसानी से आजाद नहीं करेंगे । हमें उनसे डायरेक्टली बात नहीं करना चाहिए हमें डायरेक्टली उनके प्रधानमंत्री से बात करना चाहिए ।

कर्नल भार्गव पाकिस्तान के प्रधानमंत्री को फोन लगाते हैं और कहते हैं ।

कर्नल भार्गव : मैं कर्नल भार्गव बोल रहा हूं , हिंदुस्तान से । आपके सैनिकों ने हमारे 70 लोगों को बंदी बनाकर पाकिस्तान लेकर गए हैं । 1 घंटे पहले की ही बात है ।

पाकिस्तानी प्रधानमंत्री : में कुछ नहीं जानता हूं । इसके बारे में, कौन क्या कर रहा है , कौन किसे बंदी बना रहा है । क्या मेरा वहीं काम है क्या । मैं तुम्हारा चपरासी तो नहीं हुं ना कि जब जो कहोगे मैं वही करूंगा। अगर आयेंगे तो उनकी खातिरदारी कर के भेजेंगे समझे

जनाब ।

कर्नल भार्गव : लेकिन !!

पाकिस्तानी प्रधानमंत्री : लेकिन वेकिन मत करो । मैं फ़ोन रखता हूं । खातिरदारी करके भेजूंगा ।

(फोन डिस्कनेक्ट हो जाता है)

कर्नल भार्गव : कुछ तो करना पड़ेगा जिससे उन लोगों को में सबक सिखा पाऊं ।

मेजर ध्यानचंद : कुछ नया और बेहतरीन सुविधाएं देनी पड़ेगी इन पाकिस्तानी यो को ।

वीर अर्जुन : सर गांव कि हालत तो देखिए । बिचारे कितने मेहनत से बनाया होगा उन्होंने अपना घर ।

मेजर गमित सिंह : लेकिन रडार से सीगनल क्यों नहीं आया ।

कर्नल भार्गव : क्या मसला है वो मुझे भी समझ नहीं आ रहा है ।

सचिन वर्मा : सर मेरे ख्याल से हमें रडार के पास जाकर चेकिंग करना चाहिए ।

(तभी कर्नल भार्गव को छोटे से बच्चे कि रोने कि आवाज़ आती है । वो बच्चा बड़े से पत्थर के नीचे दबा था और बहुत ही रो रहा था । उसके सर से खुन बह रहा था । कर्नल भार्गव उस बच्चे के पास जाते हैं और उनकी सभी टीम ने मिलकर उस बच्चे को बाहर निकाला ।)

(वह बच्चा करीब 17 साल का था । वह मां मां चिल्लाते अपनी मम्मी को ढूंढ रहा था । उसे बहुत चोट भी लगा था । कर्नल भार्गव ने उसे बुलाया और कहा)

कर्नल भार्गव : क्या हुआ । क्यों रो रहे हो । तुम्हारा नाम क्या है ।

बच्चा : मेरा नाम रोशन है ।मुझे मां के पास जाना है । और ये मेरा घर से टुट गया । मेरे मम्मी पापा कहां है ।

कर्नल भार्गव : पुरा नाम बताओ बेटा।

रोशन : मेरा पुरा नाम रोशन ठाकुर है ।

कर्नल भार्गव : तुम्हारे पापा और मम्मी बाहर गए हैं।

रोशन : क्यों वो मुझे छोड़कर बाहर गए हैं । आज मेरा जन्मदिन है मां ने कहा था मैं तेरे लिए केक लेकर आती हूं । तु रुक इधर ।

कर्नल भार्गव : वो तुम्हारे लिए बहुत सारे चोकलेट और गिफट लेकर आयेंगे । तुम्हें सरप्राइज देंगे । अच्छा मुझे एक बात बताओ तुम्हारा सपना क्या है ।

रोशन : मेरा एक ही सपना है । मैं बस नाम कमाना चाहता हूं । और नाम कमाके देश कि रक्षा करना चाहता हूं । मुझे आर्मी बनना है और मैं उसकी तैयारी अभी कर रहा हूं ।

कर्नल भार्गव : बहुत बहादुर हो तुम । मैं तुम्हें आशीर्वाद देता हूं कि तुम आर्मी बनोगे तैयारियां करते ही रहना.वैसे तुम्हें चोट कैसे लगा कुछ पता है ।

रोशन : नहीं कुछ नहीं पता मुझे । मुझ पर अचानक एक पत्थर टूट कर गिर गया और मैं बेहोश हो गया । मेरी मां आएगी ना सर ।

(कर्नल भार्गव अपने बटालियन के सैनिकों से कहते हैं । इस बच्चे को किसी सुरक्षित स्थान पर ले जाव और इसका ध्यान रखना। कर्नल भार्गव और मौजूद सभी सैनिक उस बच्चे का दर्द देख ना पा रहे थे । सभी का आंख भर आया उस बच्चे को देखकर ।)

मेजर गमित सिंह : सर हमें रडार के पास जाना चाहिए और देखना चाहिए कि क्या हुआ है ।

कर्नल भार्गव : हां ठीक है चलते हैं (चलो)

(रडार ओफिस के पास सभी पहुंचे । वहां पर भी देखा कि कुछ सैनिक घायल थे । रडार के पास बहुत सारा लिफाफा पड़ा था । उसे वीर अर्जुन ने उठाया और पढ़ा)

सलाम मियां

मैं जानता था तुम ये लिफाफा उठाकर पढ़ोगे । जब उठा ही लिया है तो अच्छे से पढ लो । हमने पुरा 70 शिकार किया है और हां तुम लोग हमें बता देना उनका लाश कौन से रेगिस्तान फेंकवाना है । हम तो चले चाय पीने । अगर चाय तुम्हें भी पीना है तो लिफाफा में चायपत्ती और चीनी रख दिया है , बना लेना लेकिन तुम बनाओगे कैसे । एक काम करना जंगल से लकड़ियां काट कर चुलहा बना कर । चाय बना लेना ।

~ तुम्हारा दोस्त फ़कीर बाबा

लेफ्टिनेंट कर्नल विवेक कुमार : इन पाकिस्तानी यो ने तो हद ही पार कर दी ।

मेजर गमित सिंह : करने दो इन्हे हद पार हम जब सरहद पार करेंगे फिर तो उनकी खेर नहीं ।

कर्नल भार्गव : नहीं हम कोई भी काम जल्दबाजी में नहीं करेंगे ।

लेफ्टिनेंट कर्नल विवेक कुमार : सर लेकिन हमारे उन लोगों का क्या जिन्हें पाकिस्तानियो ने बंदी बना कर अपने देश लेकर गए हैं ।

वीर अर्जुन : हां सर । उन सभी की जिंदगी खतरे में है सर हमें कुछ करना ही पड़ेगा।

कर्नल भार्गव : उनकी शिकायत मुझे भी है लेकिन हमें कोई भी काम जल्दबाजी से नहीं करना चाहिए पहले हमें अपने प्रधानमंत्री को यह सब बात बताना पड़ेगा।

मेजर गमित सिंह : लेकिन सर इंतजार क्यों करना है हमारे पास सैनिक भी है हम अभी पाकिस्तान में घुसकर उनको सबक सिखाएंगे और अपने भारतीय नागरिकों को अपने देश वापस लेकर आएंगे।

कर्नल भार्गव : सिर्फ कहना आसान है करना बहुत मुश्किल है उन्होंने पहले से ही प्लानिंग बना लिया होगा अगर हम बिना प्लानिंग के गए पाकिस्तान में प्रवेश करते हैं तो सभी को जान का खतरा हो सकता है ।

वीर अर्जुन : सर हम पर भारत माता का आशीर्वाद है हमें कुछ नहीं होगा और हम अपने आदमियों को भी बचा कर लेकर आएंगे । मुझे डर मरने का नहीं है सर। मुझे इधर रुकने का गम है। अगर मेरे साथ अभी कोई नहीं चलेगा तो मैं अकेले ही जाऊंगा ।

मेजर ध्यानचंद : नहीं रुक जाओ । गुस्सा तो सभी के अंदर है और बदले की आग भी लेकिन बिना अपने प्रधानमंत्री से बात किए बगैर और प्लानिंग बनाएं हम नहीं जा सकते हैं।

वीर अर्जुन : सर क्या प्लानिंग बनाना है यही कि भाई तुम इस दिशा में जाओ तुम उस दिशा में जाओ सर बात यहां प्लानिंग का नहीं है सर मुझे तो कभी लगता है , शायद मुझे इस वर्दी को पहनने से कोई फायदा नहीं है।

कर्नल भार्गव : वीर अर्जुन तुम अभी कितना भी प्रयास कर लो लेकिन अभी कोई नहीं जा सकता । पहले चलो हम सभी प्रधानमंत्री से बातचीत कर ले। उसके बाद हम अपना फाइटर जेट लेकर पाकिस्तान का सर्वनाश कर देंगे ।

लेफ्टिनेंट कर्नल विवेक कुमार पांडे : मेरे ख्याल से भार्गव सर जो भी कह रहे हैं वह सच कह रहे हैं पहले हमें अपने प्रधानमंत्री से बात कर लेना चाहिए कोई भी काम हमें जल्दबाजी में नहीं करना चाहिए ।

वीर अर्जुन : सर यह बात तो तय है मैं अभी किसी के बात नहीं सुनने वाला और ना ही मैं किस से मिलने जाने वाला हूं मैं अपने देश के नागरिकों बचाकर उन्हें भारत जीवित लेकर आऊंगा । अकेला ही जाऊंगा भले मेरा कोई साथ दे या ना दे मैं अभी ही जाऊंगा। मैं चला । जय हिन्द।

कर्नल भार्गव : रुक जाओ अर्जुन तुम बात को समझने के लिए तैयार ही नहीं हो रहे हो । अगर तुम इतना ही जिद कर रहे हो तो जाओ लेकिन पाकिस्तान को श्मशान बना कर आना । जय हिन्द ।

(वीर अर्जुन पाकिस्तान के तरफ र वाना हो जाते हैं)

(उधर पाकिस्तानी हमारे 70 नागरिकों को लेके पाकिस्तान पहुंच जाते हैं ।)

अबु शेयफ : आज हमने बहुत बड़ा शिकार किया है ।

हाफिज रहमान : सही कह रहे हो तुम आज हमने बहुत बड़ा हाथ मारा है । वैसे इन लोगों का करेंगे क्या हम ।

आफरीदी खान : अरे वही जो पहले से करते आ रहे हैं इनको भी काट कर खा जाएंगे ।

अबु शेयफ : वैसे आईडिया तो ठीक है पर ये, हिंदुस्तानी पचेंगे नहीं हमको ।

आफरीदी खान : एक काम करते हैं , उनकी समाधि इधर ही बना देते हैं ।

अबु शेयफ : नहीं नहीं हम अपनी मिट्टी खराब नहीं करेंगे ।

हाफिज रहमान : तुम लोगों को इनका ठिकाना लगाने की जरूरत नहीं है । मैंने इन सभी का ठिकाना लगा दिया है जिस प्लेन से हम इनको लेकर आए हैं उसी प्लेन में बम फिट कर हम उसी जगह पर प्लेन भेज देंगे । वैसे अपना काम भी हो जाएगा और अपने आत्मा को शांति भी मिल जाएगी इनकी मृत्यु से । अभी 4:00 बज रहे हैं और हम इस प्लेन को 5 :00 बजे भेज देंगे इन लोगों को इस में बैठाकर टाइम बम फिट कर देना जैसे ही वह कच्छ के गांव में पहुंचेंगे तब टाइम बम विस्फोट कर देना समझे नालायको.।

अबु शेयफ : जी हुजूर ।।

आफरीदी खान : तब तक इन सभी को चाय नाश्ता करा दो, बिचारे आखिरी टाइम नाश्ता तो करके जाए ।

(बाकी सभी सैनिक प्रधानमंत्री से मिलने के लिए उनके घर पहुंचते करीब सुबह के 4 बजने वाले थे ।)

प्रधानमंत्री इंदिरा गांधी : कैसे आना हुआ कर्नल भार्गव जी । जय हिन्द ।

कर्नल भार्गव : जय हिन्द मेम । सर हम आपको बहुत ही खास सूचना देने आए हैं कुछ पाकिस्तानी आतंकवादी कच्छ में घुसकर कच्छ एयरवेज को तबाह कर डाला है और साथ ही संपूर्ण गांव के लोगों को बंदी बनाकर लेकर गए हैं ।तो अब हम क्या करें आप बताइए ।

इंदिरा गांधी : ये सब कब हुआ ।

मेजर ध्यानचंद : करीब दो बज रहे थे ।

इंदिरा गांधी : रडार से कुछ सिग्नल नहीं आया ।

लेफ्टिनेंट कर्नल विवेक कुमार : मेम मुझे लग रहा है कि उन्होंने पहले रडार को ही पहला निशाना बनाया ताकि आसानी से घुस सके ।

इंदिरा गांधी : उनके प्रधानमंत्री से आपने बात किया या नहीं । कि हमारे भारतीय नागरिकों को बंदी बनाकर लेके गए हैं । उन्हें आजाद करो ।

कर्नल भार्गव : मेम हमने उनसे बात किया । पर आप जानते ही हो ना कि उन्होंने कहा क्या हमारा वहीं काम है । किस ने किसको बंदी बनाया । चलो फोन रखो ।

इंदिरा गांधी : तो हमारे लोगों का क्या होगा । अगर हमने कल तक इंतजार किया तो वह हमारे आदमियों को खत्म कर देंगे । हमें स्ट्राइक करना होगा । क्या कह रहे हैं आप ।

कर्नल भार्गव : मेम । दिस इज नॉट पॉसिबल । हम दिन में कैसे स्ट्राइक कर सकते हैं ।

इंदिरा गांधी : अगर हमने ज्यादा इंतजार किया । तो उनकी जान को खतरा हो सकता है इसीलिए यह मेरा अंतिम निर्णय है हम पाकिस्तान पर स्ट्राइक करेंगे। आप अंतिम राय दीजिए ।

मेजर गमित सिंह : मैम सर्जिकल स्ट्राइक इज नॉट पॉसिबल ।

इंदिरा गांधी : तो क्या करें ।

कर्नल भार्गव : मैम हम स्ट्राइक नहीं कर सकते हैं आप बात को समझने की कोशिश कीजिए और वो भी दिन में स्ट्राइक असंभव है ।

लेफ्टिनेंट कर्नल विवेक कुमार पांडे : मेम लेकिन वीर अर्जुन पाकिस्तान में प्रवेश कर चुके हैं ।

इंदिरा गांधी : उनको अकेले किसने जाने दिया । क्या किसी ने उन्हें रोकने की कोशिश नहीं की ।

कर्नल भार्गव : मैं रोकने की कोशिश तो की पर वह मानने को तैयार ही नहीं था। मुझे उम्मीद है वह अपना जलवा पाकिस्तान को दिखा कर जरूर आएगा ।

इंदिरा गांधी : पहले एक आप काम करो । टेक्निकल टीम को फोन लगाओ और उन्हें कहो कि सभी रडार को एक्टिवेट कर दे ।

कर्नल भार्गव : जी मैम मैं अभी कह देता हूं ।

(कर्नल भार्गव टेक्निकल टीम को फोन लगाकर कह देते हैं कि सभी राडार को एक्टिवेट कर दो फिर से और उस पर कड़ी से कड़ी नजर रखना ।)

मेजर गमित सिंह : मेम दिन के समय स्ट्राइक असंभव है पाकिस्तानी सैनिक तैनात होंगे और हमारी जान को भी खतरा हो सकता है बचाने के चक्कर में कहीं हमारी जान ना चली जाए ।

इंदिरा गांधी : कुछ तो करना ही पड़ेगा अगर हम स्ट्राइक नहीं करेंगे तो हमारे देश के नागरिकों का क्या होगा। और आप एक सैनिक है सैनिक को डर नहीं होना चाहिए क्योंकि वह देश की रक्षा करते हैं और आप ऐसी बात करेंगे वह भी सैनिक होकर ।

मेजर ध्यानचंद : मैं स्ट्राइक के लिए तैयार है । भले मेरा जीवन हमारे देश को समर्पित हो जाए लेकिन मैं स्ट्राइक करने के लिए तैयार हूं।

इंदिरा गांधी : मैं घनश्याम जी से बात कर लेती हूं । आप सभी तैयार रहें अपने फाइटर जेट्स और सैनिकों के साथ । वैसे अभी 4:10 हो रहा है हम 5 : 55 पे पाकिस्तान पर स्ट्राइक करेंगे और अपने देश के नागरिकों को जीवित भारत लेकर आएंगे । (अचानक से कहा) मुझे लग रहा है दिन में स्ट्राइक हम नहीं कर सकते हैं .

मेजर ध्यानचंद : आप चिंता मत करिए ,सब कुछ ठीक तरह से हो जाएगा

कर्नल भार्गव : ठीक है मेम ।

इंदिरा गांधी : आप सभी जाईए और अपनी तैयारी कीजिए करीब 5 : 30 को आप यहां से निकल जाइएगा ।

कर्नल भार्गव : ठीक है । हम जा रहे तैयारी या करने । जय हिन्द ।

इंदिरा गांधी : जय हिन्द ।

(वहां से सभी लोग चले जाते हैं और प्रधानमंत्री जी मुख्यमंत्री घनश्याम ओझा को अपने घर बुलाती है ।)

(जैसे ही 5 बजते हैं पाकिस्तानी उन सभी 70 भारतीय नागरिकों को प्लेन में बैठाकर और उसमें टाइम बम फिट कर देते हैं , प्लेन जैसे कच्छ के गांव में प्रवेश करता है । पाकिस्तानी उस प्लेन को ब्लास्ट कर देते हैं। बॉर्डर से संदेश पहुंच जाता है कर्नल भार्गव के पास ।)

सैनिक : सर पाकिस्तानी यो ने प्लेन को ब्लास्ट कर दिया है और उस प्लेन में हमारे सभी भारतीय नागरिक थे । पुरा लाश का ढेर लग गया है सर ।

कर्नल भार्गव : क्या बोल रहे हो तुम ?

सैनिक : हां सर और भी सैनिक घायल हुए हैं.। मुझे भी हल्का चोट लगा है । सर आप जल्दी से टीम को लेकर पहुंचीए ।

(कर्नल भार्गव यह सभी बात प्रधानमंत्री को फोन कर बताते हैं.।)

कर्नल भार्गव : मेम पाकिस्तानियों ने हमारे 70 नागरिकों को प्लेन में बैठाकर बम ब्लास्ट कर दिया । मेम अब हम कुछ नहीं कर सकते ।

इंदिरा गांधी : ठीक है ,जल्दी पहले आप उस जगह पर जाइए ।

कर्नल भार्गव : ठीक है मैम

लेफ्टिनेंट कर्नल विवेक कुमार पांडे : सर चलिए जल्दी, अब तो इन पाकिस्तानियों ने हद ही पार कर दी है । कहते हैं ना लातों के भूत बातों से नहीं मानते ।

(कर्नल भार्गव अपनी सभी टीम को लेकर कच्छ के बॉर्डर पर पहुंचते हैं । उन पाकिस्तानियों ने बोडर को पूरा श्मशान बना दिया था । (रोशन) वह बच्चा जो अपने मां का इंतजार कर रहा था अपने पिताजी का इंतजार कर रहा था कि उसके पिताजी आएंगे और उसे ढेर सारी मिठाईयां उसे देंगे और अब उसके पिताजी नहीं रहे अगर उसको यह बात पता चलेगा तो उस बच्चे का क्या होगा.। वैसे कितनों के परिवार मारे गए उन लोगों का क्या होगा ।

जिन्होंने अपनी मेहनत की कमाई से मिट्टी का घर बनाया और एक वक्त की रोटी कमाई .। कितनों का रह गया अधूरा सपना कि वह बड़े होकर अभिनेता , पुलिस , आर्मी , टीचर बने उनकी मासूम सी जिंदगी कुछ ही मिनटों में तबाह हो गई आखिर कौन करेगा उनका सपना पूरा ? कौन संभालेगा उनके परिवार के व्यक्तियों को ? कौन महसूस करेगा इस दर्द को? कौन जवाब देगा ?।)

लेफ्टिनेंट कर्नल विवेक कुमार पांडे : कितने बेरहमी से मारा है इन पाकिस्तानियों ने .। कितने वह तड़पे होंगे जब यह बम ब्लास्ट हुआ होगा ।

कर्नल भार्गव : यह दर्द हम समझ सकते हैं हमारे देश समझ सकता है पर वह पाकिस्तानी कुत्ते नहीं समझ सकते .।

लेफ्टिनेंट कर्नल विवेक कुमार : सर तो सर्जिकल स्ट्राइक हम भी करेंगे आज और इसी वक्त ।

कर्नल भार्गव : दिन में सर्जिकल स्ट्राइक असंभव है ।

लेफ्टिनेंट कर्नल विवेक कुमार पांडे : सब कुछ संभव है ,हां बस डर मृत्यु का है ना आपको कि वह हमें खत्म कर देंगे , मुझे डर नहीं है । एक ना एक दिन सबको मरना ही है कोई भी अमर होने वाला नहीं है.।

कर्नल भार्गव : मुझे अपने सैनिकों का चिंता हो रहा है ।

लेफ्टिनेंट कर्नल विवेक कुमार पांडे : सर लेकिन इन 70 भारतीयों का क्या । सर हम सैनिक है देश की रक्षा करना हमारा फर्ज है और हम मरते भी शान से हैं और जीते भी शान से तो फिर डर किस बात का.।

कर्नल भार्गव : ठीक है , हम दिन में ही सर्जिकल स्ट्राइक करेंगे। आतंकवादियों का संगठन के पूरे सदस्यों को हाईजैक कर हम भी लेकर आएंगे भारत में।

लेफ्टिनेंट कर्नल विवेक कुमार पांडे : सर लेकिन हम प्रधानमंत्री मुख्यमंत्री से बात कर अपना समय नहीं गंवाना चाहते हैं । उनको सर्जिकल स्ट्राइक करने नहीं जाना है हमें जाना है । तो हम अपनी मर्जी से ही जाएंगे । 5:00 तो बज चुके हैं हम 6:00 बजे ही पाकिस्तान में प्रवेश करेंगे । चाहे कुछ भी हो जाए ।

कर्नल भार्गव : बिल्कुल ।

मेजर गमित सिंह : मैं तैयार हूं सर ।

मेजर ध्यानचंद : मैं भी तैयार हूं ।

सचिन वर्मा : मैं थोड़ी पीछे हटने वाला हूं, मैं भी तैयार हूं ।

कर्नल भार्गव : सभी सैनिकों को कह देना हम अंबाला से लखपत तक जाएंगे उसके बाद सिद्धा पाकिस्तान के करांची में प्रवेश करेंगे ।

लेफ्टिनेंट कर्नल विवेक कुमार पांडे : सर ज्यादा आतंक वादी हमें सीबि और कोहलु में मिलेंगे वहीं पर इनका संगठन है ।

कर्नल भार्गव : टोटल 35 सैनिक जा रहे हैं इसमें जंग के लिए और इस मिशन का नाम है "द मिशन कच्छ". साथ में हम दो फाइटर जेट और एक लड़ाकू विमान लेकर जाएंगे ।

मेजर गमित सिंह : सर वो डायरेक्ट फिर फाइटर जेट को ही निशाना बनाएंगे फिर हमारे सैनिक को खतरा हो सकता है ।

लेफ्टिनेंट कर्नल विवेक कुमार पांडे : सर अगर हम फाइटर जेट में रोबोट पायलट रखते दे तो कैसा रहेगा ।

कर्नल भार्गव : वैसे आईडिया तो ठीक है लेकिन हम रोबोट लाएंगे कहां से ।

लेफ्टिनेंट कर्नल विवेक कुमार पांडे : सर हम डीआरडीओ से रोबोट लेंगे ।

कर्नल भार्गव : हम एक रोबोट के साथ एक अपना सैनिक भी रहेगा अगर उसे लगा कि प्लेनर ब्लास्ट होने वाला है तो वो नीचे कुद जाएगा .। विवेक तुम डीआरडीओ से जल्दी बात कर 5 रोबोट मंगवा लो हमारे पास समय कम है 5 बचकर 15 मिनट हो गए हैं सिर्फ 45 मिनट है ।

लेफ्टिनेंट कर्नल विवेक कुमार पांडे : ठीक है सर मैं डीआरडीओ को फोन कर के कह देता हूं ।

(तभी वह बच्चा रोशन उधर जा पहुंचा)

रोशन : मैं जानता हूं आप सभी मुझसे कुछ छुपा रहे हैं। मुझे सच बताइए ।

कर्नल भार्गव : कुछ नहीं छुपा रहे तुमसे ।

रोशन : तू कहां है मेरे माता-पिता ।

मेजर गमित सिंह : सर मुझे लगता है हमें इसे सच बता देना चाहिए यह बच्चा नहीं है यह बड़ा हो गया है ।

कर्नल भार्गव : तो सुनो उस रात करीब 2:00 बजे पाकिस्तानी यो ने सभी गांव वालों को हाईजैक कर लिया और पाकिस्तान लेकर गए और वापस उसी प्लेन में सभी को बैठाकर उसी

प्लेन में बम फिट कर ब्लास्ट कर दिया । उसी का बदला लेने हम जा रहे हैं ।

(रोशन खुब जोर जोर से रोने लगा पिताजी पिताजी कहकर । मैं नहीं छोड़ुंगा उन लोगों को । जिन्होंने मेरी खुशी छीनी है उसकी जिंदगी में छीन लूंगा । रोशन कर्नल भार्गव से कहता है)

रोशन : आप लोगों ने मुझे बताया क्यों नहीं । मैं भी चलूंगा बदला लेने ।

कर्नल भार्गव : नहीं नहीं तुम नहीं जा सकते हो मैं तुम्हारा दर्द समझ सकता हूं लेकिन बदला हम लेकर आएंगे, तुम अभी छोटे हो ।

रोशन : नहीं मैं भी साथ चलूंगा वरना किसी को भी इधर से जाने नहीं दूंगा ।

मेजर गमित सिंह : तुम्हें बंदुक चलाना आता है । या नहीं

रोशन : नहीं ।

मेजर गमित सिंह : फिर हम तुम्हें कैसे लेकर जाएं और अगर हम तुम्हें ले गए तो हम अपने प्रधानमंत्री को क्या जवाब देंगे अगर तुम्हें कुछ हो गया तो ।

रोशन : मैं कुछ नहीं जानता हूं मुझे जाना है तो जाना है। मुझे उन सभी शहीदों का बदला लेना है , भले मैं मर जाऊंगा लेकिन मैं बदला लेने जरूर जाऊंगा ।

सचिन वर्मा : बेटा बात को समझने की कोशिश करो तुम नहीं जा सकते हो । अगर हम तुम्हें लेकर गए तो कल जनता हमसे सवाल पूछेगी आपके पास सैनिक मौजूद नहीं थे कि आप बच्चे को लेकर जा रहे हैं जंग लड़ने के लिए ।

रोशन : सर कुछ नहीं होगा मैं आपको वचन देता हूं । (रोते हुए कहता है) आज मां मेरे लिए खीर बनाने वाली थी और अपने हाथों से खिलाने वाली थी । लेकिन मेरा नसीब ही खराब है. अब मैं किसको मां बुलाऊंगा।

कर्नल भार्गव : तुम तैयार हो जाने के लिए , तुम एक बात बताओ तुम्हें मरने से डर लगता है ।

रोशन : मुझे मरने से डर नहीं लगता । सर लेकिन मैं आपके आगे हाथ जोड़ता हूं मैं भी जाऊंगा बदला लेने के लिए ।

मेजर गमित सिंह : सर यह इतना जींद कर रहा है तो इसे ले लेते हैं ।

मेजर ध्यानचंद : कोई बच्चों का खेल नहीं है । जंग लड़ने जा रहे हैं क्रिकेट खेलने नहीं ।

रोशन : सर मुझे जाना है । मैं खेल खेलने नहीं आया जंग लड़ने के लिए आया हूं । अगर मैं नहीं जाऊंगा तो आप लोग को भी जाने नहीं दूंगा.।

कर्नल भार्गव : ठीक है चलो हमारे साथ । (सभी से कहते हैं) अगर हम पाकिस्तानी वर्दी पहन के जाए तो कोई भी खतरा नहीं होगा । क्या कह रहे हो ।

सचिन वर्मा : नहीं सर हम सभ अपनी वर्दी में ही जाएंगे । जो लिखा है वो तो होना ही है ।

कर्नल भार्गव : ठीक है हम अपनी ही वर्दी पहनेंगे ।

लेफ्टिनेंट कर्नल विवेक कुमार पांडे : सर मैंने डीआरडीओ को फोन करके कह दिया है उन्होंने कहा हम 15 से 20 मिनट के अंदर रोबोट भेज देंगे ।

कर्नल भार्गव : ठीक है । ये बात प्रधानमंत्री या मुख्यमंत्री के कानो कान खबर नहीं पहुंच ना चाहिए । हम अपना बदला लेकर आएंगे । हमें उन आंतकवादीयो को हाईजैक करना है फिर भारत में लेकर आएंगे फिर वापस से पाकिस्तान प्लेन में बोम फिट कर भेज देंगे ।

मेजर गमित सिंह : सेटेलाइट की मदद से हम लाइव प्रसारण टीवी पर कर देंगे ताकि सब देख सके हम से टकराना कितना मुश्किल होता है ।

(करीब सुबह 6 बजने में पांच मिनट बाकी था । सभी सैनिक निकल पड़े अपने मिशन कच्छ के लिए । प्लेन के मुताबिक सभी सैनिक सीबी और कोहलु पहुंच कर फायरिंग शुरू की करीब 10 से 15 आतंकवादियों को मार गिराया । वो जंग लड़ने तो चले गए थे पर उन्हें ये नहीं पता चला कि पाकिस्तानीयो ने हर जगह केमरा और रडार लगाया था । रडार से सीगनल तेजी से आ रहा था साथ में आवाज भी ।)

मेजर गमित सिंह कर्नल भार्गव से कहते हैं

मेजर गमित सिंह : सर अब हम क्या करें उनको सिंगनल मिल गया कोई पाकिस्तान में घुसने की कोशिश कर रहा है ।

कर्नल भार्गव : मिलने दो सिंगनल उनके सामने से लेकर जाएंगे । पाकिस्तान में तबाही मचेगा ।

(उधर पाकिस्तान का प्रधानमंत्री खुशी मना रहा था । आज मैं बहुत खुश हूं आज सभी मंत्रियों को मैं मेरे घर पर दावत के लिए आमंत्रित करता हूं । सुबह 11 बजे मेरे घर आ जाना जश्न मनाएंगे ।)

(उस जगह पर पहुंच कर करीब 100 से ज्यादा आतंक वादी यो को बंदी बनाकर प्लेन में बैठा देते हैं और सभी सैनिक भारत र वाना होने लगे । कोहलू और सीबी मानो कि श्मशान बन गया था । कर्नल भार्गव पायलट से कहते हैं तुम भी उतर जाओ और रोबोट को रहने दो वह लेकर जाएगा भारत। अगर मान लो पाकिस्तान का रडार एक्टिव है वह फायरिंग जरूर करेंगे तो मैं सभी पायलट से कह रहा हूं हमारे साथ चलो हम स्थल के रास्ते जाएंगे और उस फकीर बाबा को ले लो अगर पाकिस्तान कहे हमला नहीं हुआ है तो फ़कीर बाबा है हमारे साथ । मुझे पक्का यकीन है वह लोग फायरिंग करेंगे मिसाइल छोड़ेंगे वैसे काम अपना ही आसान होगा । जैसे ही फाइटर जेट र वाना होने कि कोशिश में थी आंतकवादीयो ने पांचो फाइटर जेट को तबाह कर दिया । उस में ही बैठे थे । उनके दोस्त ।)

(करीब 10:00 बज रहे थे सभी सैनिक कच्छ पहुंच कर विजय गाथा मना रहे थे । कर्नल भार्गव रोशन से कहते हैं)

कर्नल भार्गव : तुम एक सही में बहादुर बच्चे हो । बल्कि तुमने अपने देश कि रक्षा भी कि और बदला भी लिया । मैं प्रधानमंत्री से जरूर कहुंगा ऐसे बंदे हमें चाहिए देश के लिए ।

लेफ्टिनेंट कर्नल विवेक कुमार पांडे : सही में सर लडका बहादुर है ।

(इधर भारत में मीडिया पर अखबार में सभी जगह एक ही बात चल रहा था आखिर कच्छ में प्लेन कैसे ब्लास्ट हुआ और बहुत से लोगों की कैसे जान चली गई इसका गुनहेगार

कौन है ? क्या भारतीय सैनिक तब क्या कर रही थी । प्रधानमंत्री कर्नल भार्गव को फ़ोन लगातीं है और कहतीं आप कहां हैं उधर पाकिस्तानियों ने हमारे देश के नागरिक को मारा और आप लोग चुपचाप बैठे हैं सर्जिकल स्ट्राइक का क्या हुआ आप लोग 6:00 बजे सर्जिकल स्ट्राइक करने वाले थे ना । तुरंत आप सभी सेना को लेकर मेरे घर पहुंचीए)

कर्नल भार्गव : मेम हमने अपना बदला पुरा किया और साथ में एक आतंकवादी को जिंदा पकड कर लाए हैं । उसे हम लाइव प्रसारण के दौरान मारेंगे ।

प्रधानमंत्री : मुझे बताया भी नहीं और आप लोग जंग लडकर भी आ गए ।

मेजर गमित सिंह : हमने इस मिशन में इस बच्चे को भी शामिल किया था । बहुत बहादुर है इसके माता ओर पिता भी मारे गए इस हाईजैक में । मैं आपसे अनुरोध करता हूं कि इसे हमारे बटालियन में शामिल कर दे ।

इंदिरा गांधी : मुझे यह सुन के बहुत दुखी हो रहा है की इस बच्चे के माता पिता मारे गए । मैं आदेश देती हूं कि इस बच्चे को कर्नल बनाया जाएगा । आप सभी को मिशन सक्सेसफुल हुआ उसके लिए आप सभी को बधाइयां । यह मीटिंग खत्म होता है इस बच्चे को कल सम्मानित किया जाएगा और सभी सैनिक को जो इस मिशन में शामिल थे । लेकिन आप इस बच्चे को क्यों लेकर गए.।

कर्नल भार्गव : मेम ये बच्चा जिद्द कर रहा था ।

इंदिरा गांधी : अगर इसको कुछ हो जाता तो आप क्या करते ।

कर्नल भार्गव : मेम ये बहुत ही जोश में था, इसका जोश देख मे इसे मना नहीं कर पाया ।

इंदिरा गांधी : ये तुम्हारे पीछे कौन है ।

कर्नल भार्गव : ये आंतकवादी इस मिशन में सामिल था ।।

मेजर गमित सिंह : ये आंतकवादी फकिर बाबा का क्या करना है ।

लेफ्टिनेंट कर्नल विवेक कुमार पांडे : बाहर मिडिया वाले हैं तो लाइव प्रसारण टीवी पर चल ही रहा होगा । और वैसे सभी को जवाब भी मिल जाएगा । कि हमने भी कुछ कसर नहीं छोडा है । बाहर इसका एनकाउंटर कर देंगे । पहले इसकी खातिर दारी तो करने दो । फकीर बाबा चाय पानी कुछ गरम या ठंडा लोगे .।

फकीर बाबा (आंतकवादी) :(हंसते हुए) तुम्हें मुझे मार कर भी क्या करोगे । हमारा गेंग बहुत बड़ा है । समझे जनाब । मार दो मुझे .।

लेफ्टिनेंट कर्नल विवेक कुमार पांडे : तेरा तो मरना तय है , मेरे हाथों से ।(विवेक ने फकिर का बाल पकड़ा और कहा)

कहा है और तेरे लोग बता ।

आंतकवादी : क्यों बताऊं , तु मेरा बाप है ।।

लेफ्टिनेंट कर्नल विवेक कुमार पांडे : नहीं रे तेरा बाप नहीं सब का बाप हूं मैं. चल अब जल्दी बता ।

इंदिरा गांधी : अगर ये नहीं बताये तो गरम तेल में इसे डाल देना ।

आंतकवादी : बताता हूं । हम लोग ने दो प्लान किया है आज का वो तो सुबह में हो गया और कल का प्लानिंग नारायण सरोवर से होकर हम भुज ऐयर बेस को तबाह करेंगे ।

इंदिरा गांधी : तुम्हें क्या लगता है तुम इस बार एयरबेस को तबाह कर दोगे । (गुस्से से कहती है) भुज एयरबेस पर कड़ी से कड़ी निगरानी रखो ।

लेफ्टिनेंट कर्नल विवेक कुमार पांडे : कल कितने बजे एयरवेज को तबाह करने वाले हैं ।

आंतकवादी : आज जैसे हमने 2:00 बजे अपना काम किया वैसे ही कल सुबह 2:00 बजे हम अपना मिशन कंप्लीट करेंगे .।

मेजर गमित सिंह : सर मुझे लगता है कि हमें एक और स्ट्राइक करना चाहिए और इस बार जिंदा जला कर रख देंगे , मुर्दों का घर बनाकर आएंगे ।

इंदिरा गांधी : मैं उस वक्त भले ही हिचकिचाह रही थी लेकिन अब मैं सामने से अनुमति देती हूं जाइए सर्जिकल स्ट्राइक करके आइए ।

मेजर ध्यानचंद : मैम आपको लगता है इस पर हमें भरोसा करना चाहिए ।

(कर्नल भार्गव आंतकवादी से पुछते है)

कर्नल भार्गव : तुम सच तो बोल रहे हो ना ।

आतंकवादी : में सच बोल रहा हूं और हमारे प्रधानमंत्री भी शामिल है इसमें मिशन में .। उन्होंने कहा था तुम आज भारत में सर्जिकल स्ट्राइक करके आओ आज सुबह 11:00 बजे में सभी को अपने घर दावत पर बुलाउंगा जशन मानाएगें .।

लेफ्टिनेंट कर्नल विवेक कुमार पांडे : मैम हम सर्जिकल स्ट्राइक नहीं करेंगे .।

इंदिरा गांधी : तो फिर क्या करना है ।

लेफ्टिनेंट कर्नल विवेक कुमार पांडे : मैम हम सभी जगह पर टाइम बम फिट कर देंगे जैसे वह उस पर पैर रखेंगे । उनका खेल ही खत्म हमें कुछ करना भी नहीं है और हां हम उस जगह पर ड्रोन भेज देंगे ताकि हम पाकिस्तान को दिखा सके लाइव टेलीकास्ट .।

इंदिरा गांधी : वैसे ये आईडिया भी ठीक है.। वैसे अभ इस पाकिस्तानी का क्या करना है .।

लेफ्टिनेंट कर्नल विवेक कुमार पांडे : नहीं मैम कोई दुसरा आइडिया सोचा है मैंने , मेरा पहला वाला आईडिया में दम नहीं है .।

इंदिरा गांधी : कुछ ऐसा आईडिया सोचो जो किसी ने ना सोचा हो , कुछ अलग और कुछ अनोखा.

लेफ्टिनेंट कर्नल विवेक कुमार पांडे : मैम मैंने बहुत ही विचार किया और सोचा है ?

इंदिरा गांधी : क्या सोचा है आपने ?

लेफ्टिनेंट कर्नल विवेक कुमार पांडे : मैम हम हमेशा से अगर दुश्मन हम पर हमला करता है तो उन से बदला तो ले ही लेते हैं . मैंने सोच लिया है अब हम बदला नहीं लेंगे .

इंदिरा गांधी : तो फिर कल का इंतजार करेंगे . हमारे देश का क्या होगा

लेफ्टिनेंट कर्नल विवेक कुमार पांडे : कुछ नहीं होगा अपने देश के नागरिकों को . हम सीधा पाकिस्तान के प्रधानमंत्री को हाई जैक कर ले तो ।

इंदिरा गांधी : आप को पता भी है , आप क्या बोल रहे हैं. पाकिस्तानी प्रधानमंत्री को हाई जैक कैसे करोगे आप . उस के आस पास बहुत सारे सिक्योरिटी होंगे . उसको छुना तो दूर उसे हाथ भी नहीं लगा सकते हो आप सभी . नहीं ये आईडिया मुझे ठीक नहीं लग रहा है , अपना निर्णय बदले .

लेफ्टिनेंट कर्नल विवेक कुमार पांडे : मैम हम आराम से पाकिस्तान के प्रधानमंत्री को हाई जैक कर सकते हैं .

इंदिरा गांधी : ठीक है । मैंने मान लिया कि आपने हाई जैक कर भी लिया तो फिर आप आओगे कैसा । किसने आप से कुछ सबुत मांग लिया कि भाई आप कहां रहते हो ? कहा घर है तुम्हारा ? वो बात छोड़ो आप सभी पाकिस्तान प्रवेश कैसे करोगे ? क्या पाकिस्तान आपका वीजा एप्रूवल करेगा .

लेफ्टिनेंट कर्नल विवेक कुमार पांडे : हां मैम एप्रूवल हो जाएगा . हम फर्जी नेशनल आईडेंटिटी कार्ड बनवा लेंगे जिससे हम पकड़े भी नहीं जाएंगे । और पाकिस्तान के प्रधानमंत्री जुल्फिकार अली भुट्टो को भारत में लाकार उनका एनकाउंटर कर देंगे और मीडिया वालों से कह देंगे कि पाकिस्तानी प्रधानमंत्री बोर्डर पार कर भारत में हमला कर वाने कि साजिश में उनका एनकाउंटर कर दिया .।

इंदिरा गांधी : इतना रिक्स वाला काम नहीं करने दे सकती में आप सभी को . कोई दूसरा आईडिया सोचिए .

लेफ्टिनेंट कर्नल विवेक कुमार पांडे : अच्छा मुझे एक बात बताइए मैम उस पाकिस्तानी प्रधानमंत्री ने हमला कर वाया उसका कुछ नहीं ? अपने 70 से ज्यादा देश के नागरिक शहीद हुए उसका कुछ नहीं . फिर भी आप कह रहे हैं कि आईडिया बदल दिजीए . मैम अगर पेड़ कि डालियां काटेंगे तो फिर से डालियां तो आएगा ही अगर जड़ से उखाड़ कर फेंक दे तो फिर पेड़ फिर से नहीं उगेंगे . इसलिए बोल रहा हूं असली जड़ को खत्म कर देते हैं .

इंदिरा गांधी : कहना तो आसान ही है . मगर पाकिस्तान में प्रवेश करना खतरनाक साबित हो सकता है . अगर आप से किसी को कुछ हो गया तो मैं क्या जवाब दुंगी आपके घर वालों को.

मेजर गमित सिंह : मेरे ख्याल से हमें जड़ को उखाड़ कर फेंक देना चाहिए । और हमें कुछ भी नहीं होगा प्रधानमंत्री जी आप चिंता न करें .

लेफ्टिनेंट कर्नल विवेक कुमार पांडे : हम इस मिशन को अंजाम देंगे आज दोपहर 2 बजे के पहले . पहले हम फर्जी नेशनल आईडेंटिटी कार्ड बनवा लेंगे और वीजा लेकर पाकिस्तान जाएंगे और फिर पाकिस्तान के प्रधानमंत्री से मिलकर उस को कहेंगे ,आप से कुछ जरूरी बात करना है पाकिस्तान के सीबी और कोहलु पर हमला किसने कर वाया है , हमें पता है . आप से अकेले में बात करना चाहते हैं .।

इंदिरा गांधी : ठीक है लेकिन मैं पहले सभी से उनका राय जानना चाहती हुं । क्या सभी तैयार है .।

(सभी ने कहा हां तैयार है)

इंदिरा गांधी : लेकिन इस मिशन को अंजाम देने के लिए सिर्फ चार लोग जायेंगे . एक बात तो है विवेक जी ने सही कहा अगर हम जड़ को काटकर फेंक दे तो फिर कोई भी चिंता ही नहीं है और हां एक और बात का ध्यान रखें वहां के कोई भी व्यक्ति को नुक्सान नहीं पहुंचाना . जिसने ये हमला कर वाया उसे ही खत्म करेंगे . करनी कोई ओर करे और सज़ा मिले बिचारे दुसरो को .

लेफ्टिनेंट कर्नल विवेक कुमार पांडे : ठीक है मैम ।

इंदिरा गांधी : कौन कौन जाएगा ?

(तभी कर्नल भार्गव का फोन बजता है और वो फ़ोन लेकर बाहर आते हैं . उन्होंने देखा कि वीर अर्जुन का फोन आया है उन्होंने फ़ोन उठाया .)

वीर अर्जुन : जय हिन्द सर ।

कर्नल भार्गव : जय हिन्द । कहा पहुंच तुम ।

वीर अर्जुन : बस में अब थोड़े समय बाद सरहद पार करूंगा ।

कर्नल भार्गव : वहीं पर रूक जाओ ।

वीर अर्जुन : क्यों सर क्या हुआ .

कर्नल भार्गव : हम भी आ रहे हैं । बहुत बड़ा मिशन है पाकिस्तान के प्रधानमंत्री को हाई जैक करना है . मुझे अपना लोकेशन भेजो में उधर प्राइवेट फाइटर जेट भेजता हूं । उस में बैठकर वापस आ जाना .

वीर अर्जुन : ठीक है सर जय हिन्द .।

(कर्नल भार्गव फोन रख कर , पायलट को लोकेशन शेयर करके उसे फोन कर कहते हैं वीर अर्जुन को लेकर आना है इतना कहकर फोन रख कर वो अंदर जाते हैं)

लेफ्टिनेंट कर्नल विवेक कुमार पांडे : में और गमित, ध्यान चंद , भार्गव सर बस और कोई नहीं और वीर अर्जुन पहले से ही पाकिस्तान में प्रवेश कर चुके हैं .।

इंदिरा गांधी : उनका कुछ मेसेज आया या नहीं ?

कर्नल भार्गव : जी मैम । मैंने उसे अभी फ़ोन करके कह दिया है कि जहां हो वहां रूक जाए । मैं फाइटर जेट भेज दिया है उन्हें लेकर आ जाएगा ।

इंदिरा गांधी : एक काम तो आपने भी बहुत अच्छा किया उन्हें रोककर । ठीक है तो इस मिशन का नाम रहेगा 1972 । "मिशन 1972"। और जब आप उस पाकिस्तान के प्रधानमंत्री को लेकर आओगे तब ध्यान रखना उसे कुछ होना नहीं चाहिए मुझे वह जिंदा चाहिए उसे मैं ही खत्म करूंगी । पहले उसके साथ बैठकर चाय पिऊंगी । और हम मीडिया के सामने ऐसा कुछ भी नहीं कहेंगे कि उसका एनकाउंटर हुआ या मर्डर हुआ । हम मीडिया वालों के सामने स्वयं कहेंगे उसको मैंने मारा है ।

कर्नल भार्गव : ठीक है मैम ।

इंदिरा गांधी : आप सभी अब जाइए और तैयारियां कीजिए 11:00 बजने वाला है । और इस आतंकवादी का क्या करना है .

लेफ्टिनेंट कर्नल विवेक कुमार पांडे : इसकी खातिर दारी बाहर मिडिया के सामने करेंगे .।

(प्रधानमंत्री के घर के बाहर मिडिया वालो कि लाइन लगी थी यह जानने के लिए आखिर कच्छ में कैसे 70 से ज्यादा लोग मारे गए , आखिर किसने ये हमला करवाया .।)

(मीडिया वालों के सामने विवेक ने उस आतंक वादी का एनकाउंटर कर दिया और मीडिया वालों से कहा हमने अपना बदला ले लिया है उन्होंने हमारे 70 भारतीय नागरिक को मारा हमने 100 से ज्यादा पाकिस्तानी यो को ढेर कर दिया । जय हिन्द जय भारत ।)

(तभी मीडिया वालों ने इंदिरा गांधी से पुछा प्रधानमंत्री जी आप इस पर क्या राय देना चाहतीं हैं, इंदिरा गांधी ने कहा .।)

प्रधानमंत्री इंदिरा गांधी : बस इतना ही कहुंगी पाकिस्तानी प्रधानमंत्री जुल्फ़िकार अली भुट्टो से . आज अच्छे से मेहमानों को दावत खिलाना और कम पड़े तो खाना में भेज दुंगी टिफिन से पार्सल सिधा पाकिस्तान.। अब मिशन सक्सेसफुल होगा . "मिशन कच्छ 1972".

(11:00 बजने वाले थे पाकिस्तानी प्रधानमंत्री के घर सभी मेहमान आ गए थे.)

अस्लम खान : लेकिन आपने दावत किस खुशी में रखी है आज नहीं तो आपका जन्मदिन है नहीं मेरा जन्मदिन है ,और आज कोई त्यौहार भी नहीं फिर ये दावत किस बात के लिए .

पाकिस्तानी प्रधानमंत्री : नहीं यह दावत मेरा जन्मदिन के लिए नहीं तुम्हारे जन्मदिन के लिए यह दावत हमने भारत के लिए रखा है.

अस्लम खान : भारत के लोगों का, तो इस दावत में भारत के लोग भी आ रहे हैं क्या.

पाकिस्तानी प्रधानमंत्री : मैंने अपने आदमियों को कहकर भारत पर हमला करवाया करीब 70 से ज्यादा लोगों को पहले हमने हाईजैक किया फिर उन्हें उसी प्लेन में बैठा कर बम फिट कर प्लेन ब्लास्ट कर दिया. बस इसी खुशी में, मैंने सभी को अपने घर दावत पर बुलाया है और कोई खास वजह नहीं है न्यूज़ देखा करिए जनाब.।

अस्लम खान : वैसे हम न्यूज़ तो अक्सर देखा करते हैं वैसे आपके पास इतना दिमाग कहां से आया जनाब.।

पाकिस्तानी प्रधानमंत्री : जनाब हमने पाकिस्तान के बादाम खाएं और यहां हर पाकिस्तानियों का दिमाग मेरे जैसा ही चलता है, इसीलिए मैं प्रधानमंत्री हूं और तुम मुख्यमंत्री समझे .।

आमिर शेयद : अच्छा क्या क्या मंगवाया है आपने खाना में

पाकिस्तानी प्रधानमंत्री : मटन कोरमा ,शाही नवाब, टीका नवाब, काबुली चना, शाही बिरियानी खाने के तो आइटम तो बहुत सारे ,आपको जितना मन करें उतना खाएं और कम

पड़े तो घर भी लेकर जाए सबको खिलाये इस खुशी के मौके पर .।

आमिर शेयद : जरूर , खुशी का मुकाम थोड़ी छोड़ सकते हैं . और बताइए इस बार तो मुझे चुनाव का टिकट तो मिल जाएगा ना .।

पाकिस्तानी प्रधानमंत्री : क्यों नहीं, मिल जाएगा टिकट इस बार.

आमिर शेयद : हर बार का यही है कहते हो लेकिन करते नहीं लेकिन इस बार पक्का मुझे टिकट दिलवा देना चुनाव का .।

पाकिस्तानी प्रधानमंत्री : इस बार पक्का तुम्हें में टिकट दिलवा लूंगा चुनाव का.।

(पाकिस्तान में हंगामा जोरों शोरों से चल रहा था, मीडिया में अखबार में बस यही खबर छपा था कि आखिर कोहलू और सीबी पर किसने हमला किया , और इधर पाकिस्तान के प्रधानमंत्री आराम से अपने सभी मंत्रियों के साथ जश्न मना रहे थे .)

पाकिस्तानी प्रधानमंत्री : (सभी से कहते हैं) सभी लोग पेट भर कर खाइए गा कुछ जल्दी नहीं है हमें, आराम से खाइए गा खाना कम नहीं पड़ेगा .

(सभी भोजन कर के सोफा पर बैठ कर आराम करते करते आपस में बात चीत कर रहे थे . तभी मुख्यमंत्री का बेटा जीद करने लगा अब्बा टीवी चालू करवाओ ना मुझे कार्टून देखना है , नहीं बेटा हम सभी बात कर रहे हैं और तु टीवी चालू करेगा तो शोर होगा चल घर पर देख लेना , तभी पाकिस्तानी प्रधानमंत्री ने कहा अरे कोई बात नहीं जनाब चालू कर वा देता हूं बच्चा ही तो है .। टीवी चालू कर वा के उस बच्चे के हाथ में रिमोट दे दिया और बच्चा आराम से कार्टून देखने लगा .

(थोड़ी देर बाद उसने चैनल चैंज किया और न्युज चैनल लगा दिया , टीवी में न्युज आ रहा था कि , दावा किया जा रहा है कि अपने प्रधानमंत्री ने ये हमला कर वाया है. आखिर किसने कोहलू और सीबी पर हमला किया ? कहां गये यहां के लोग ? आखिर प्रधानमंत्री एक्सन क्यों नहीं ले रहे हैं ? क्या प्रधानमंत्री इस हमले से ख़ुश हैं ? यहां आस पास के लोगों का दावा है कि लगभग 1000+ से ज्यादा लोग रहते थे कहा गये वो लोग . उस रिपोर्ट को पता नहीं था कि वो कहां पर जाके रिपोर्टिंग कर रही थी . रिपोर्टिंग के बाद कुछ आंतकवादीयो ने उस रिपोर्ट और साथ में गए सभी टीम के मेमर को वहीं खत्म कर दिया .। ये सभ कुछ देखकर सभी मंत्रियों और प्रधानमंत्री कि आंखे फटे कि फटे रह गई । पाकिस्तान में हर तरफ़ जुल्फ़िकार अली भुट्टो मुर्दा बाद मुर्दा बाद के नारे लग रहे थे .)

अस्लम खान : है अल्लाह अरे ये कैसे हो गया . तुमने हमें इस खुशी में दावत दिया था ।

आमिर शेयद : अलि भुट्ट जी लेकिन आप तो बोल रहे थे हमने 70 से ज्यादा भारतीयों को मारा है और इधर पासा तो उल्टा ही पड़ गया । सौ के बदले हजार । अब हम कल कैसे उन पर हमला कर सकते हैं हमारे सारे आदमी तो खत्म हो गए ।

पाकिस्तानी प्रधानमंत्री : हां बोला तो था । लेकिन ये सब कुछ हुआ कैसे ।

अस्लम खान : हुआ कैसे क्या । आपने भारत पर हमला कर वाया और भारत ने हमारे पाकिस्तान पर हमला कर वाया हिसाब तो बराबर हुआ जनाब । बोला था कि ऐसा काम मत

करीए ।

पाकिस्तानी प्रधानमंत्री : ऐ मंत्री तुम सिर्फ अपनी कुर्सी संभालो । मेरी कुर्सी पर बैठने कि जरूरत नहीं है तुम्हें । आखिर ये हुआ कैसे .

आमिर शेयद : अब तो लोग आपका विरोध कर रहे हैं जनाब ।

पाकिस्तानी प्रधानमंत्री : आप सभी कृपया कर के मुझे अकेला छोड़ दे ।

(वैसे भी अली भुट्टो पर बहुत सारे पुलिस कैस है पर उसे कोई जेल में भी बंद नहीं कर सकता था क्योंकि वो पाकिस्तान का प्रधानमंत्री था । अस्लम खान ने सभी से कहा सभी चले मेरे घर पर अर्जनट मीटिंग है । अली भुट्टो कहता है । हां लेकर जाओ सभी को मुझे अकेला छोड़ दो ।सभी लोग अपने-अपने घर चले जाते हैं । जुल्फ़िकार अली भुट्टो आराम से बैठकर सोचते हैं , मेरा निशाना कैसे चुंक गया ।)

अस्लम खान : अगर ये अली भुट्टो रहा तो । पाकिस्तान पक्का कब्रिस्तान बन कर ही रहेगा ।

आमिर शेयद : हम तो मामुलि सरकार है । उसका कुछ बिगाड़ भी नहीं सकते हैं हम । हे अल्लाह अगर तुम मुझे सुन रहे हो तो । मैं तुमसे आज कुछ मांग रहा हूं । तुम ने मेरा सब कुछ छीन लिया है अबु और मेरी अम्मी को । बस ये पाकिस्तान को आजाद कर दो इस अली भुट्टो आंतकवादी से ।

अस्लम खान : हे अल्लाह सुन ले हमारी पुकार ।

(और अब इधर भी मीटिंग चालु ही है ।)

मेजर गमित सिंह : सर हमें तुरंत कोई फर्जी नेशनल आईडेंटिटी कार्ड बनाकर देगा या नहीं । अगर कार्ड नहीं बना तो बहुत रिक्स है ।

मेजर ध्यानचंद : हम कार्ड तो तुरंत बनवा लेंगे तुम उसकी चिंता मत करो ।

कर्नल भार्गव : कार्ड के लिए मैंने कह दिया है । आधे घंटे के अंदर वह हम सब का नेशनल आईडेंटिटी कार्ड बनाकर दे देगा । मुझे बस चिंता हो रहा है वीर अर्जुन का भगवान उनकी रक्षा करे ।

लेफ्टिनेंट कर्नल विवेक कुमार पांडे : सर वो एक बहादुर सैनिक है तो फिर उन्हें रक्षा कि कोई जरूरत नहीं है । हां बस वो अकेले निकल पड़े थे दुश्मनों का खात्मा करने ।

कर्नल भार्गव : वैसे रबी वर्ल्ड कप कब से स्टार्ट हो रहा है । किसी को कुछ मालूम है तो मुझे बताओ ।

मेजर गमित सिंह : सर हमें बहुत बड़े मिशन को अंजाम देने जाना है और आपको अभी खेल के बारे जानना है ।

कर्नल भार्गव : अगर तुम्हें पता है तो बता दो मुझे भी पता है मिशन को अंजाम देने जाना है ।

मेजर गमित सिंह : सर कुछ महीनों बाद रबि वर्ल्ड कप स्टार्ट हो जाएगा । और उसने मेरी फेवरेट टीम जीतेगी भारत ।

कर्नल भार्गव : अच्छा तुम्हारी फेवरेट टीम भारत है सिर्फ तुम्हारी ही नहीं , हम सब की भी भारत फेवरेट टीम है । 12 :30 बजने वाले हैं । सब तैयार रहें हम 1:30 पर पाकिस्तान रवाना हो जाएंगे । पर इतना याद रखिएगा हमारा सिर्फ एक ही टारगेट है अली भुट्टो । ना रहेगी बांस ना बजेगी बांसुरी ।

मेजर गमित सिंह : सर यह वाला डायलॉग तो बहुत पुराना हो गया । ना बजेगी बांस ना बजेगी बांसुरी कुछ नया हो जाए सर ।

मेजर ध्यानचंद : मैं ही सुना देता हूं । ना रहेगा अली भुट्टो नहीं होगा कोई भी आंतकवादी धमाल । कैसा लगा मेरा शायरी आप सभी को ।

मेजर गमित सिंह : ये कौन सा शायरी है । तुम से अच्छा विवेक कुमार कि शायरी अच्छी है । तुम्हें पता भी है वो कौन है , बहुत बड़े लेखक है उन्होंने 12 साल कि उम्र में 600 से ज्यादा किताबें लिखकर इतिहास रच दिया है और अभी कुल मिलाके उन्होंने 990+ से ज्यादा किताब लिख दिया है । उनकी कभी शायरी पढ़कर देखना । गुगल पर सर्च करना विवेक कुमार पांडे क्वेस्ट अगर पढ़ना हो तो ।

मेजर ध्यानचंद : वो तो मुझे पता है । मैं उनका बहुत बड़ा फैन हूं ।

कर्नल भार्गव : बहुत बात चित हो गया । अब कुछ काम कि बात भी हो जाए ।

सचिन वर्मा : सर मेरा एक सवाल है ?

कर्नल भार्गव : क्या ?

सचिन वर्मा : हमें तो उर्दू भाषा आता ही नहीं है अगर किसी ने हमारे लेंग्वेज का पहचान कर लिया तो ।

कर्नल भार्गव : अपने पास नेशनल आईडेंटिटी कार्ड है फिर क्यों चिंता हो रहा है ।

लेफ्टिनेंट कर्नल विवेक कुमार पांडे : सर पाकिस्तान तो हम जा रहे हैं लेकिन पासपोर्ट पर तो नेशनालिटिस तो इंडियन ही लिखा हुआ है । पासपोर्ट चेकिंग हुआ तो फिर पकड़ें जाएंगे फिर कोई फायदा नहीं होगा नेशनल आईडेंटिटी कार्ड का । उन्हें यहीं लगेगा पासपोर्ट में कुछ अलग और नेशनल आईडेंटिटी कार्ड पर बहुत ही अलग । ये बात किसी ने सोचा भी है या नहीं ।

कर्नल भार्गव : बात तो तुम्हारी सही है विवेक पर बेफिक्र होकर हम पाकिस्तान जाएंगे । अगर उन्होंने पासपोर्ट मांगा तो सभी नेशनल आईडेंटिटी कार्ड दिखाना फिर जो होगा वो देखा जाएगा । बी रेडी फोर मिशन 1972 ।

(वीर अर्जुन कर्नल भार्गव के घर पहुंचते हैं)

वीर अर्जुन : जय हिन्द सर ।

कर्नल भार्गव : जय हिन्द । तुम्हें कुछ हुआ तो नहीं है ना ।

वीर अर्जुन : सर जिसके शरीर पर देश कि वर्दी हो तो फिर डर किस बात का । बस मुझे जरा सा चोट लगा है । मैं बॉर्डर पर तबाही मचाके आया हूं दो तीन पाकिस्तानी सैनिकों को ढेर किया है ।

कर्नल भार्गव : पहले हमला किसने स्टार्ट किया ।

वीर अर्जुन : सर उन लोगों ने पहले मुझ पर हमला करना स्टार्ट किया ।

कर्नल भार्गव : हम पांच लोग जा रहे हैं पाकिस्तान । हम ने प्लानिंग बनाया है । उसे में तुम्हें रास्ते में समझा दुंगा ।

वीर अर्जुन : ठीक है सर ।

(दो बजने में 20 मिनट बाकी था तभी प्रधानमंत्री इंदिरा गांधी ने कर्नल भार्गव के पास फोन किया और कहा)

इंदिरा गांधी : आप सभी को ओल द बेस्ट । मिशन 1972 कम्प्लीट करके आना विजयी भव ।

कर्नल भार्गव : जरूर मिशन 1972 पुरा होगा तभी तो । मिशन कच्छ 1972 कम्प्लीटली पुरा होगा । मिशन कच्छ तो ओल रेडी कम्प्लीट है ।

(फोन रखने के बाद । पांचो सैनिक प्रशतान हो गए । 1 घंटा बाद पाकिस्तान एयरपोर्ट पर पहुंचें । वो पांचों आराम से पाकिस्तान में प्रवेश कर गए । और रिक्शा में बैठ कर फिर वहां से र वाना हुए पाकिस्तान के प्रधानमंत्री के घर जाने के लिए । तभी अचानक कर्नल भार्गव ने देखा एक लड़की सड़क पर सभी से भिख मांग रही थी । वो लड़की कर्नल भार्गव के रिक्शा के पास आयी और कहने लगी । कर्नल भार्गव ने रिक्शा वाले से कहा रूको)

लड़की : अल्लाह के नाम पर कुछ दे दो चाचा ।

कर्नल भार्गव : बेटा मैं तुम्हें क्या दु ।

लड़की : पैसा

कर्नल भार्गव : क्यों तुम्हें पैसा चाहिए ।

लड़की : ताकि मैं अपने बाबा और मां कि जान बचा सकु । यहां के प्रधानमंत्री आंतकवादी यो को कहते हैं जाओ सभी को बंदी बनाकर रखना और बदले में पैसे कामना । मुझे भी उसमें से 15% देना । उन्होंने मेरे बाबा और मां को भी बंदी बनाकर रखा है । वो सभी के साथ ऐसा ही व्यवहार करता है और मुझसे कहा है कि जा पुरा दिन भर रोड पर भिख मांग और पैसा लाकर मुझे दे । इसलिए मैं भिख मांग रही हुं । अगर ये पाकिस्तान इस अली भुट्टो से आजाद हो जाए तो बहुत अच्छा होगा । बहुत हो गया घुट घुट कर जीना आखिर कब होगा ये आजाद पाकिस्तान ।

कर्नल भार्गव : समझ लो तुम्हारी इच्छा अवश्य पुरा होगा बेटा वो भी आज ।

लड़की : सही में । अल्लाह करे । हम जल्दी आजाद हो ।

लेफ्टिनेंट कर्नल विवेक कुमार पांडे : तुम अब आजाद हो जाओगी ।

(लड़की वहां से चली जाती है । मेजर गमित सिंह कर्नल भार्गव से कहते हैं)

मेजर गमित सिंह : देखा सर आपने कितने कष्ट में है यहां के लोग उनके ही प्रधानमंत्री से ।

कर्नल भार्गव : उसे प्रधानमंत्री मत कहो । वो भी टेरेरिस्ट है एक नंबर का । मुझे लग रहा है आज पाकिस्तान आजाद होगा ही होगा ।

मेजर ध्यानचंद : सर आपको लग रहा है कि होगा आजाद । होकर ही रहेगा पाकिस्तान आजाद इसलिए तो हम आये है ।

(उनकी बातें सुनकर रिक्शा वाला कहने लगा ।)

रिक्शा वाला : आप लोग मजाक तो नहीं कर रहे हैं ना । किसी कि हिम्मत नहीं हुई कि वो उस अली भुट्टो को सबक सिखा पाये । मुझे नहीं लगता है कि पाकिस्तान कभी आजाद होगा ।

वीर अर्जुन : जरुर आजाद होगा पाकिस्तान । तुम हमें सिर्फ उस अली भुट्टो के घर तक छोड़ दो । बस एक यही काम कर दो ।

रिक्शा वाला : ठीक है जनाब लेकिन 1000 रुपया लुंगा ।

वीर अर्जुन : सिर्फ उसके घर जाने का भाडा 1000 रुपया बहुत मंहगा है । कम नहीं हो सकता है । नहीं मेरा नहीं तेरे 500 रूपया ले लो और लेकर चलो ।

रिक्शा वाला : नहीं जनाब इतना कम मे नहीं । 700 रूपया लास्ट बोलीए जनाब जाना है ।

कर्नल भार्गव : ठीक है । चलो तुम 1000 रूपया ही ले लेना , अब चलो ।

(रिक्शा वाला उन्हें अली भुट्टो के घर तक छोड़ देता है । उसके घर के बाहर बहुत ही सिक्योरिटी थी ।)

मेजर ध्यानचंद : सर हम अंदर कैसे जाएंगे ।

कर्नल भार्गव : चुप चाप चलो हम उन्हें कहेंगे जो सीबी और कोहलु पर हमला हुआ उसके बारे में हम जानते हैं ।

(तभी गेट के पास पहुंचते हैं । सिक्योरिटी गार्ड ने उन पांचो को रोका और पुछा)

सिक्योरिटी गार्ड : कहां जा रहे हो । यहां पर क्या काम । किस लिए आए हो ।

कर्नल भार्गव : हमें प्रधानमंत्री से मिलना है ।

सिक्योरिटी गार्ड : पर क्या काम है मिया ।

कर्नल भार्गव : जो पाकिस्तान के सीबी और कोहलु पर हमला हुआ है । उसके बारे में हम जानते हैं । जाओ पुछकर आओ अपने प्रधानमंत्री से वरना हम चले ।

सिक्योरिटी गार्ड : रूकिए में पुछकर आता हूं ।

(सिक्योरिटी गार्ड अंदर जाता है और अली भुट्टो से कहता है)

सिक्योरिटी गार्ड : सर आपसे मिलने पांच लोग आए हैं । कह रहे हैं कि उन्हें सीबी और कोहलु पर किसने हमला किया है उन्हें पता है ।

पाकिस्तानी प्रधानमंत्री : जाओ लेकर आओ अंदर ।

सिक्योरिटी गार्ड : जी सर

(अब अली भुट्टो मन में सोचने लगा । अब मेरे समस्या का समाधान हो जाएगा । सिक्योरिटी गार्ड उन पांचों को अंदर लेके आता है)

मेजर गमित सिंह : में ज़ाकिर नायक । हमे पता है सीबी और कोहलु पर किसने हमला किया है ।

पाकिस्तानी प्रधानमंत्री : पहले बताइए आप सभी क्या खायेंगे ।

कर्नल भार्गव : नहीं हमें कुछ खाना पीना नहीं है ।

पाकिस्तानी प्रधानमंत्री : जनाब आपका नाम ।

कर्नल भार्गव : साहेब हुसैन मेरा नाम है ।

पाकिस्तानी प्रधानमंत्री : तो बताइए हमें । हम भी आज बहुत परेशान हैं । सोच रहा था कि हमला मैंने भारत पर कर वाया लेकिन सीबी और कोहलु पर हमला किसने किया ।

कर्नल भार्गव : हम आपको सच्चाई यहां नहीं बता सकते हैं ।

पाकिस्तानी प्रधानमंत्री : क्यों जनाब अमेरिका में सच्चाई बताएंगे क्या । कितना लेंगे आप सच बोलने के ।

कर्नल भार्गव : नहीं हमें एक पैसा भी नहीं चाहिए । हम सच्चाई यहां नहीं बताएंगे । आपको हमारे साथ चलना पड़ेगा सच्चाई देखने के लिए ।

पाकिस्तानी प्रधानमंत्री : कहा पर बोलिए । करांची या कोहलू ।

कर्नल भार्गव : देखिए बहुत रिक्स वाली जगह है । अगर चलने को तैयार हैं तो ही नाम बताउंगा बोलिए ।

पाकिस्तानी प्रधानमंत्री : अच्छा ठीक है मुझे 2 मिनट चाहिए सोचने के लिए ।

कर्नल भार्गव : देखिए हमारे पास समय नहीं है । आप दो मिनट तीन मिनट मत किजिए । ठीक है हमने आपको पांच मिनट दिया सोचने के लिए । अगर सोच ले तो हमें फिर से बुलाना ।

पाकिस्तानी प्रधानमंत्री : ठीक है ।

(बाहर आने के बाद वीर अर्जुन कर्नल भार्गव से कहते हैं ।)

वीर अर्जुन : सर आप उस टेरेरिस्ट को इतनी इज्जत क्यों दे रहे हैं ।

लेफ्टिनेंट कर्नल विवेक कुमार पांडे : वो कहावत नहीं सुना । काम हो तो गधा को भी बाप कहना पड़ता है ।

कर्नल भार्गव : समझ गए अर्जुन ।

वीर अर्जुन : जी सर । आपको क्या लगता है वो तैयार होगा ।

कर्नल भार्गव : बिल्कुल तैयार होगा ।

(अली भुट्टो बेल बजाकर उन्हें अंदर आने का इशारा देते हैं ।)

पाकिस्तानी प्रधानमंत्री : नाम बताएं उस जगह का जनाब । मैं तैयार हूं जाने के लिए ।

कर्नल भार्गव : आपको भारत चलना पड़ेगा ।

पाकिस्तानी प्रधानमंत्री : ये कैसी वाहियात बात कर रहे हैं । हमला पाकिस्तान के सीबी और कोहलु पर हुआ है ना कि भारत के कोहलू और सीबी पर ।

कर्नल भार्गव : में जानता था । आप ऐसा ही कहोगे । ठीक है तो हम सब चलते । अब आप अपनी कुर्सी बचाइए ।

पाकिस्तानी प्रधानमंत्री : अरे अरे रूकिए मिया । लेकिन भारत में कौन सा सबुत है ।

वीर अर्जुन : तुम चलन चाहते हो या नहीं ।

पाकिस्तानी प्रधानमंत्री : आपको किसी ने रिस्पेक्ट करन

नहीं सिखाया है क्या । बड़े लोगों के साथ कैसे बात करते हैं ।

कर्नल भार्गव : छोड़िए वो बात जाने दिजीए । इंसान से ही गलती होता है । आपको चलना है या नहीं ।

पाकिस्तानी प्रधानमंत्री : मुझे आप लोगों पर सक हो रहा है । कहीं आप हिंदुस्तानी तो नहीं है ना । चलिए आईडेंटिटी कार्ड दिखाइए ।

कर्नल भार्गव : बिल्कुल । ये लिजिए हम सभ का आईडेंटिटी कार्ड । मिल गई तसल्ली हम पाकिस्तानी है जनाब । हमारा समय बर्बाद ना करें साफ साफ बताइए जाना है या नहीं ।

पाकिस्तानी प्रधानमंत्री : (हंसते हुए) जनाब आप को पता भी है । अगर हम भारत चले गए तो बहुत अफरा तफरी मच जाएगी ।

कर्नल भार्गव : आप हमें घुमाइए मत आपको जाना है तो कहीए हा वरना नहीं जाना तो हम चले ।

पाकिस्तानी प्रधानमंत्री : ठीक है । कब से चलना है । अभी या फिर कल ।

कर्नल भार्गव : अभी ही जाना है । आप तैयार होकर बाहर आए । हम सभ बाहर इंतजार कर रहे हैं ।

पाकिस्तानी प्रधानमंत्री : जी हुजूर ।

(बाहर आकर कर्नल भार्गव उन से कहते हैं ।)

कर्नल भार्गव : आने दो तब तक हम उनके चारों घर के साइड बम फिट कर देते हैं । साथ में इनका संगठन भी खत्म हो जाएगा ।

(चारों साइड बोम फिट कर देते हैं । अली भुट्टो तैयार होकर बाहर आता है ।)

पाकिस्तानी प्रधानमंत्री : चले जनाब ।

कर्नल भार्गव : हां चले ।

(कराची से फ्लाइट पकड़ भारत जाने के लिए प्रशथान हो जाते हैं । कुछ घंटों बाद भारत पहुंच जाते हैं । उन्हें रेड फोर्ट के पास ही इंदिरा गांधी का घर था । वहां पर लेकर पहुंचे हैं ।)

इंदिरा गांधी : जी नमस्ते । भारत में आपका स्वागत है ।

पाकिस्तानी प्रधानमंत्री : अस्सलाम वालेकुम ।

इंदिरा गांधी : तो आपके लिए क्या मंगवाऊ गर्म या ठंडा ।

पाकिस्तानी प्रधानमंत्री : नहीं मुझे कुछ भी नहीं पीना है बस में यह जानने के लिए भारत आया हूं किसने कोल्हू और सीबी पर हमला किसने किया ।

इंदिरा गांधी : ओ तो यह जानने के लिए आए हो आप । ठीक है बताती हूं । (इंदिरा गांधी जोर से आवाज देती है रिपोर्ट आप सभी अंदर आ जाइए)

पाकिस्तानी प्रधानमंत्री : ये सभ क्या मज़ाक है ।

इंदिरा गांधी : ओर जो तुम ने सुबह 2 बजे किया था वो क्या था ।

(फिर मीडिया वालों से कहती है इंदिरा गांधी लाइव प्रसारण टीवी पर चालु कर दिजीए आप सभी)

(सभी लोग लाईव प्रसारण देखने लगे और पाकिस्तान भी लाईव प्रसारण में सामिल था ।)

पाकिस्तानी प्रधानमंत्री : तो तुम लोग मुझे इसलिए लाए हो । तुम मेरा कुछ नहीं बिगाड़ सकते हो ।

लेफ्टिनेंट कर्नल विवेक कुमार पांडे : आज तो बहुत कुछ बिगड़ेगा तेरा और पाकिस्तान आजाद हो जाएगा तेरी दरिंदगी से ।

इंदिरा गांधी : बंदुक लेकर आईए । इस राक्षस का खात्मा करना है ।

लेफ्टिनेंट कर्नल विवेक कुमार पांडे : नहीं मेम इसे में अपने हाथों से मारूंगा । आप अपना हाथ ख़राब ना करें । इस ने बहुत से मासुम से लोगों कि जान ली है । आज इसकी ही बारी है ।

(यह सब कुछ टीवी पर लाइव प्रसारण हो रहा था । विवेक कुमार बंदुक लेकर आए ओर ठोक दिया उस अली भुट्टो को और कहा अब पाकिस्तान आजाद हो गया । मानो कि पाकिस्तान में खुशी कि लहर उठ पड़ी । साथ ही साथ अली भुट्टो कि संगठन को भी बोम से तबाह कर दिया ।)

लेफ्टिनेंट कर्नल विवेक कुमार पांडे : मैम हमने अपना मिशन 1972 कंप्लीट कर लिया ।

इंदिरा गांधी : हां । अब कोई भी आंतकवादी हमला नहीं होगा । कल आप सभी को सम्मानित किया जाएगा । आपने देश कि भी रक्षा कि और अपने ही नहीं दुसरे देश के नागरिकों कि भी रक्षा किया । सलाम है आप सभी को ।

(लेकिन अब पाकिस्तान का प्रधानमंत्री कौन बनेगा मीडिया वालों ने पाकिस्तानी नागरिकों से पुछा ।)

स्थानीय निवासी : कोई भी प्रधानमंत्री बने पर उस अली भुट्टो जैसा प्रधानमंत्री ना आए तो ठीक है । मेरे ख्याल से जो हिंदुस्तान ने किया है हमारे लिए हम सभी उनका शुक्रगुजार हैं । बहुत ही अच्छा काम किया । हे अल्लाह उन पर रहमत बनाए रखना । और एक बात मैं कवि विवेक कुमार पांडे का बहुत बड़ा फैन हूं ।

[कहते हैं ना साथ मिलकर रहे तो कोई हिन्दू नहीं कोई मुस्लिम नही । सब लोग एकता में रहे]

(आखिर वह दिन आ ही गया । इंदिरा गांधी ने विवेक कुमार और कर्नल भार्गव , वीर अर्जुन , मेजर गमित सिंह , मेजर ध्यानचंद , सचिन वर्मा को पद्म श्री से सम्मानित किया । सम्मानित होने के बाद वापस कच्छ बोर्डर पर लौट गए क्योंकि वहां पर उन लोगों कि पोसटींग थी ।)

मेजर गमित सिंह : अर्जुन तुम्हें सबसे अच्छा क्या लगा ।

वीर अर्जुन : मुझे सबसे अच्छा ये स्टोरी लगा । जिस में हमने सैनिक का रोल किया । मैं धन्यवाद करना चाहूंगा लेखक विवेक कुमार पांडे जी का । पता नहीं कैसे इतना जबरदस्त स्टोरी लिख देते हैं ।

(यह था चेप्टर 1 की कहानी । चलिए अब आगे जानते हैं । चेप्टर 2 की कहानी । कहीं जाइएगा मत)

जुल्फ़िक़ार अली भुट्टो कि पत्नी नुसरत भुट्टो बहुत ही पढ़ी लिखी थी । उसके घर में उसके बेटे और बेटियां भी पढ़ें लिखें थे । जुल्फ़िक़ार अली भुट्टो के मरने के बाद क्या हुआ । पाकिस्तान में तो खुशी कि लहर उठ पड़ी । लेकिन जुल्फ़िक़ार अली भुट्टो के परिवार वालों का क्या होगा । क्या वह अपना दर्द किसे बंया करेंगे । जुल्फ़िक़ार अली भुट्टो कि पत्नी नुसरत भुट्टो बहुत ही बेबस होकर एक जगह बैठी रो रही थी , और अपने संतानों को समझा रही थी ।

नुसरत भुट्टो : (रो - रो कर) किसने मारा मेरे पति को , क्या बिगाड़ा था उन्होंने भारत वालो का ।

(जुल्फ़िक़ार अली भुट्टो भले ही प्रधानमंत्री था पर उसकी कारनामे उसके घर वाले नहीं जानते थे ।)

बेनजीर भुट्टो : अम्मी अब्बू आएंगे ना वापस अपने घर , अब्बू कहां गए हैं ।

नुसरत भुट्टो : बेटी जल्दी ही तुम्हारे अब्बू आएंगे ।

बेनजीर भुट्टो : नहीं अम्मी तुम झुठ बोल रही हो । अब्बू अब नहीं आ सकते हैं वो अल्लाह को प्यारे हो गए हैं । अब अब्बू कभी भी नहीं आ पाएंगे ।

नुसरत भुट्टो : चुप हो जाओ बेटी । शायद अल्लाह का बुलावा था , तुम्हारे अब्बू का ।

बेनजीर भुट्टो : अम्मी आपको क्या लगता है । अब्बू को क्यों और किसने मारा है ।

नुसरत भुट्टो : मुझे नहीं पता है । लेकिन जिसने भी मारा हो बदला तो जरूर लूंगी ।

(यहां पाकिस्तान के न्यूज़ चैनल पर लाइव प्रसारण हो रहा था । रिपोर्ट घर - घर जाकर सभी से पुछ रहे थे ।)

रिपोर्ट : अब कौन बनेगा पाकिस्तान का प्रधानमंत्री ।

स्थानीय निवासी : मेरे ख्याल से चांद नवाब को पाकिस्तान का प्रधानमंत्री बनना चाहिए ।

रिपोर्ट : ऐसी क्या खास बात है , जो आप चांद नवाब को पाकिस्तान का प्रधानमंत्री बनाना चाहते हैं ।

स्थानीय निवासी : खास बात तो नहीं है , पर मुझे उनका व्यवहार और चरित्र ठीक लगता है ।

रिपोर्ट : अगला सवाल । क्या आप खुश हैं या फिर दुःखी ।

स्थानीय निवासी : मेरे ख्याल से मैं नहीं पुरा पाकिस्तान खुश होगा । उस अली भुट्टो से छुटकारा मिला हम सभी को ।

रिपोर्ट : क्या पाकिस्तान बीना प्रधानमंत्री के अपने देश को आगे बढा सकता है या नहीं ।

स्थानीय निवासी : पाकिस्तान अब आगे बढ़ेगा , कई समय तक सिर्फ - और सिर्फ बर्बाद ही हुआ है पाकिस्तान ।

रिपोर्ट : आखिर एक सवाल सभी के मन में घुम रहा होगा । कौन बनेगा प्रधानमंत्री । अली भुट्टो का अकस्मात मौत कैसे हुआ. । चुनाव में कुछ ही महिना बाकी है, कौन बनेगा पाकिस्तान का प्रधानमंत्री .।

(बेनजीर भुट्टो अपनी अम्मी से कहती हैं .)

बेनजीर भुट्टो : मां आप देख रही हो , अब्बू के बारे में लोग क्या सोचते हैं .।

नुसरत भुट्टो : हां देख रही हुं । वैसे बेटा तुम खाना तो बना लोगी ना ।

बेनजीर भुट्टो : हां मां बना लुंगी । लेकिन इससे इस बात का क्या मतलब है । आप ऐसा क्यों बोल रहे हो अम्मी ।

नुसरत भुट्टो : में ऐसा इसलिए बोल रही हुं , ताकि तु अपने छोटे भाई का ध्यान रखना और मैं ?

बेनजीर भुट्टो : अम्मी आप कहां जाओगे ?

नुसरत भुट्टो : तेरे अब्बू का बदला लेने । में चुनाव लडुंगी , में आज मीडिया के सामने अनाउंस कर दुंगी ।

बेनजीर भुट्टो : लेकिन अम्मी आपको कोई वोट नहीं देगा , क्योंकि आप देख रहे हो कितना अप शब्द कह रहे हैं अब्बू के बारे में ।

नुसरत भुट्टो : कहते हैं जब सीधी उंगली से घी नहीं निकलता है तब उंगली टेढ़ी करनी पड़ती है । तु सिर्फ अपना और अपने भाईयों का ध्यान रखना.।

बेनजीर भुट्टो : ठीक है अम्मी ।

नुसरत भुट्टो : बेटा एक करो पहले भारत के प्रधानमंत्री को फोन करो ।

बेनजीर भुट्टो : जी अम्मी ।

(बेनजीर भुट्टो ने इंदिरा गांधी को फ़ोन लगाया और अपनी अम्मी को फोन उनके हाथ में दे दिया)

नुसरत भुट्टो : नमस्ते में अली भुट्टो कि पत्नी बोल रही हुं ।

इंदिरा गांधी : हां बोलिए ।

नुसरत भुट्टो : क्या बिगाड़ा था मेरे पति ने आपका .

इंदिरा गांधी : देखो मैं समझ सकती हुं , तुम्हारा दर्द लेकिन वह एक बहुत बड़ा क्रिमिनल था ।

नुसरत भुट्टो : कोई बात वो सब छोड़िए , कम से कम उनकी सब तो दे दो ताकि अंतिम संस्कार कर सके ।

इंदिरा गांधी : हमने कब का सब भेज दिया है , 5 या 10 मिनट बाद तुम्हें मिल जाएगा । हमारा पायलट लेकर पहुंचता ही होगा ।

नुसरत भुट्टो : आपका बहुत बहुत धन्यवाद (रोकर)

(करीब 15 मिनट बाद अली भुट्टो का सब उनके घर पहुंच जाता है । पत्नी से उनका हाल नहीं देखा गया , खुब चिल्ला - चिल्ला कर रो रही थी । उनके घर के बाहर मिडिया वालो कि लाइन लगी थी । तभी नुसरत भुट्टो अपनी बेटी से कहती है .।)

नुसरत भुट्टो : बेटा जाओ सिक्योरिटी गार्ड से कह दो गेट खोल दे , आने दे सभी को ।

बेनजीर भुट्टो : लेकिन क्यों अम्मी , में नहीं चाहतीं हुं उनको बुलाना ।

नुसरत भुट्टो : (गुस्से से) जितना कहा जाए उतना ही करो उससे ज्यादा नहीं , जाओ कहकर आओ ।

बेनजीर भुट्टो : ठीक है अम्मी ।

(बेनजीर भुट्टो सिक्योरिटी गार्ड को कहती है ।)

बेनजीर भुट्टो : चाचा गेट खोल दो .।

सिक्योरिटी गार्ड : लेकिन क्यों ।

बेनजीर भुट्टो : अम्मी ने कहा है , जल्दी से खोल दो दरवाजा .।

सिक्योरिटी गार्ड : ठीक है ।

(सिक्योरिटी गार्ड ने गेट खोल दिया , सभी मीडिया वाले घर के अंदर गए)

(मीडिया वालों ने सवालो का पहाड़ खड़ा कर दिया नुसरत भुट्टो के सामने .)

नुसरत भुट्टो : माफ करिएगा में आप सभी को जवाब नहीं दे सकती हुं , लेकिन हां एक अनाउंसमेंट है सभी पाकिस्तानीयो के लिए .।

रिपोर्ट : मेम क्या है , वो अनाउंसमेंट हमे भी बताइए ताकि पुरा पाकिस्तान क्या पुरा दुनिया ही सुन ले .।

नुसरत भुट्टो : चुनाव में लड़ुंगीं और उस में जीत हासिल करुंगी .।

रिपोर्ट : लेकिन आप यह बात पुरे दावा के साथ कैसे कह सकती है ,कि आप प्रधानमंत्री कि चुनाव लड़ेंगी और जीत हासिल करेंगी .।

नुसरत भुट्टो : में आप सभी से कुछ कहना चाहती हुं । जिसको चलना आता है तो उसे दौड़ना नहीं आता होगा.।

रिपोर्ट : लेकिन मैम आपके पति का सब भारत कैसे पहुंचा .।

नुसरत भुट्टो : देखिए में कुछ नहीं जानती हुं , मेरे ख्याल से आप लोगों का काम यहीं है , कि मैं शांति से ना बैठु एक बार कह दिया कि मैं नहीं जानती हुं कि वो भारत कैसे गए और कब गए . बस इतना जानती हुं ये यहां से जिंदा गए थे और भारत से मुर्दा लौट कर आए हैं .।

रिपोर्ट : लेकिन मैम बाकी सवालों का जवाब तो दीजिए .।

नुसरत भुट्टो : लेकिन - वेकिन कुछ नहीं , निकल जाओ आप सभी मेरे घर से वरना मजबुरन हमें सिक्योरिटी गार्ड को बुलाना पड़ेगा .।

(नुसरत भुट्टो के कहने पर मीडिया वाले चले जाते हैं .। पिण्ड के पास बैठे नुसरत भुट्टो और उनकी बेटी .। पिण्ड का मतलब होता मरा हुआ शरीर .)

बेनजीर भुट्टो : अम्मी आप क्या सोच रहे हो , मुझे तो कुछ समझ नहीं आ रहा है .।

नुसरत भुट्टो : समझने कि जरूरत नहीं है तुम्हें बेटा . खुन के बदले खुन ही लेना है मुझे .।

बेनजीर भुट्टो : अम्मी हम अब्बू का अंतिम संस्कार क्यों करेंगे , हमारा तो रिवाज है ना माटी में शरीर को दफनाया जाता है .।

नुसरत भुट्टो : मुझे पता है , तुम मुझे मत सिखाओ .।

बेनजीर भुट्टो : जब देखो तब आप मुझे डांटते ही रहते हो , सही बोलती हुं तभी और ना बोलु तभी . मुझे अब कुछ बोलना ही नहीं है .।

(नुसरत भुट्टो अपने पति अली भुट्टो का अंतिम संस्कार , संपूर्ण विधि करके अपने घर आ जाती है .)

नुसरत भुट्टो : मैंने कभी सोचा नहीं था , कि हमें ऐसे दिन दिखाने वाला है ये अल्लाह ।

बेनजीर भुट्टो : अम्मी जान काल को कोई भी नहीं रोक सकता है ।

नुसरत भुट्टो : अच्छा एक बात बताओ बेटा तुमने अपनी कोलेज कि फीस भर दिया है या बाकी है ।

बेनजीर भुट्टो : अम्मी मैंने फीस तीन दिन पहले ही भर दिया था . आप चिंता मत करिए बस अपना ध्यान रखिए।

नुसरत भुट्टो : तुम्हें क्या लगता है कि मैं प्रधानमंत्री बन सकती हुं या नहीं ।

बेनजीर भुट्टो : हां अम्मी आप प्रधानमंत्री बन सकते हो ।

(मां और बेटी बातें करते - करते सो गए . गुजरात के बोर्डर पर कर रहे निगरानी कर्नल भार्गव और मिशन कच्छ में शामिल सभी लोग एक जगह बैठे बातें कर रहे थे .)

कर्नल भार्गव : हमारा मिशन तो कामयाब रहा , मगर में अभी तक यही सोच रहा हूं । कोई ओर उसके जैसा बच तो नहीं गया है ना ।

वीर अर्जुन : बच गया तो हम है ना देख लेंगे ।

सचिन वर्मा : सर अगर जींदा भी होगा तो हम अब कुछ नहीं कर सकते हैं ।

मेजर गमित सिंह : हां हम थोड़ी बार बार पाकिस्तान जाएंगे ।

मेजर ध्यानचंद : सवाल यहां ये है कि पाकिस्तान सरकार प्रधानमंत्री बनाएगा या फिर जैसा चल रहा है वैसे चलने देगा ।

कर्नल भार्गव : पाकिस्तान सरकार जरूर प्रधानमंत्री बनाएंगे नहीं तो फिर कुछ होने वाला नहीं है ।

सचिन वर्मा : लेकिन हमने मिशन को अच्छे से अंजाम दिया कुछ भी गड़बड़ नहीं किया है ।

लेफ्टिनेंट कर्नल विवेक कुमार पांडे : सर हमने सिर्फ एक अली भुट्टो को मारा है और उसके जैसे होंगे जरुर हमने उसके आदमीयों को मारा ही कहां है । अगर फिर कल जो प्रधानमंत्री बना वो भी उसके साथ जुड़ जाएगा । हमसे यही सबसे बड़ी गलती हुई है ।

कर्नल भार्गव : उनका भी बंदोबस्त कर देंगे ।

मेजर ध्यानचंद : मुझे सिर्फ आज ही आदेश मिल जाए तो पूरा पाकिस्तान को खत्म करके आ जाऊंगा ।

कर्नल भार्गव : अपने को कोई भी काम जल्दबाजी में नहीं करना है ।

मेजर गमित सिंह : सर पहले हमें गांव वालों के लिए कुछ करना चाहिए। उनका घर पूरी तरह से टूट चुका है । उनके लिए नया घर बनाकर देना चाहिए ।

कर्नल भार्गव : गांव में उसी दिन से काम चालू है बस दो-तीन दिन में तैयार हो जाएगा और फिर वह रह सकते हैं । सबसे कठिन समस्या तो यह है जंगली जानवर घुस जाते हैं गांव में उनके लिए कुछ करना पड़ेगा वरना पुरे गांव के लोगों को समस्या होगा ।

लेफ्टिनेंट कर्नल विवेक कुमार पांडे : सर हमें गांव के चारों तरफ स्टील का गेट लगा देना चाहिए और उसे पैक कर देना चाहिए ।

कर्नल भार्गव : ठीक है वह काम तो हो जाएगा लेकिन सबसे मेन और सबसे जरूरी काम यह है कि हमें रडार को एक्टिवेट करके गांव के चारों तरफ लगावा देना चाहिए ।

मेजर ध्यानचंद : सर हमें यह काम आज ही करना पड़ेगा नहीं तो कल क्या पता अगर वह फिर कोई और हमला करें तो ।

कर्नल भार्गव : उसके लिए पहले हमें अपने प्रधानमंत्री से बात करना पड़ेगा । वह हमें जैसा बजट देंगे हम ऐसा ही काम करेंगे ।

सचिन वर्मा : सर पहले आप एक काम करिए लिस्ट बना लीजिए कि हमें क्या-क्या चाहिए ,क्या काम करना है और कितना बजट हो रहा है ।

कर्नल भार्गव : पहला काम गांव के चारों तरफ गेट लगवाना है और दुसरा काम रडार को एक्टिव करना है और चारों दिशाओं में लगा देना और रडार की फ्रीक्वेंसी डबल कर देनी है । ताकि दुश्मन 30 किलोमीटर दूर रहे तो हमें पता लग जाएगा । कुछ बजट 4 या 5 करोड़ लगेगा ।

वीर अर्जुन : सर इसके बारे में हम पहले अपने मुख्यमंत्री घनश्याम ओझा से भी बात करेंगे और प्रधानमंत्री के सामने भी अपनी बात रखेंगे ।

मेजर गमित सिंह : सर मैं आप सभी को एक बात बताना भूल ही गया । मैं कितनी देर से अपना फोन ढूंढ रहा था लेकिन जब नहीं मिला तब मुझे याद आया मेरा फोन उस अली भुट्टो के ऑफिस में छूट गया है ।

कर्नल भार्गव : एक काम करो मेरा फोन लो और उस पर फोन करो अगर कोई आसपास में होगा तो फोन उठाएगा जरूर ।

मेजर गमित सिंह : सर लेकिन फोन तो स्विच ऑफ बता रहा है फोन करने से कोई फायदा नहीं है ।

कर्नल भार्गव : तो फिर तो कुछ नहीं हो सकता अब नया मोबाइल ले लो ।

मेजर गमित सिंह : अब वही करना पड़ेगा ।

कर्नल भार्गव : मुझे लगता है हमें खुद प्रधानमंत्री से मिलना चाहिए और यहां पर बॉर्डर की सुरक्षा तो बॉर्डर सिक्योरिटी फोर्स कर ही रही है ।

मेजर गमित सिंह : लेकिन हमें तो दिल्ली जाना पड़ेगा ना सर मिलने के लिए ।

कर्नल भार्गव : तो तुम क्या चाहते हो वह तुमसे खुद मिलने के लिए आए ।

मेजर गमित सिंह : अगर आ जाते तो ठीक रहता उनके पास पर्सनल फाइटर जेट भी तो है खामखा हम परेशान भी नहीं होते ।

कर्नल भार्गव : तो तुम्हारे पास फाइटर जेट नहीं है और वह प्रधानमंत्री है तुम प्रधानमंत्री नहीं कि वह तुमसे मिलने आएंगे उनको भी बहुत सारा काम का बोझ रहता है ।

सचिन वर्मा : सर मैं पायलट को बुलाता हूं आप सभी तैयार रहीए ।

कर्नल भार्गव : जरूर जाओ जल्दी ।

(फाइटर जेट में बैठकर वह सभी प्रधानमंत्री से मिलने के लिए निकल पड़ते हैं। मेजर अमित सिंह का फ़ोन अली भुट्टो के ओफिस में पड़ा था । उनका फोन अली भुट्टो के सिक्योरिटी के हाथ में लग गया था । अब यह फोन भुल जाना कितना मंहगा पड़ने वाला है मेजर गमित सिंह को अब तो भगवान ही जानते हैं आगे क्या होगा ।)

शाहाजत खान : अब पता नहीं क्या होगा हमारा मेन लीडर भी मर गया और मेरा भाई फकीर खान भी ।

बेगम अख्तर : हम कमजोर पड़ गए और हमने उन भारतीयों पर थोड़ा बहुत दया कर दिया इसके वजह से वह आज हमारे सर पर चढ़कर तांडव कर रहे हैं । इसे ही कहते हैं कि सांप भी मर गया और लाठी भी ना टूटी ।

शादाब आलम : इतना टेंशन क्यों ले रहे हो । अभी सिर्फ पेड़ की डालियां कटी है जड़ कहां कटा है । जड़ रहा तो डालिया तो फिर से उग जाएगा ।

अस्लम बाबर : तु इतना क्यों उड़ रहा है आसमान ।

शादाब आलम : ये लो मोबाइल ।

बेगम अख्तर : इसका हम क्या करेंगे । तेरी अम्मी को भेंट करेंगे क्या ।

शादाब आलम : पहले देख लो यह मोबाइल बहुत खास है । ये मोबाइल अपने दुश्मनों का है जिन्होंने हमारे सरदार अली भुट्टो को हम से छिन लिया ।

शाहाजत खान : वाह क्या बात है मेरे शेर बहुत बहादुरी का काम किया है तूने लेकिन यह फोन तुझे मिला कहां से ।

शादाब आलम : जब मैं सरदार के ऑफिस में गया था तब वहां पर कोई नहीं था सिक्योरिटी गार्ड ने बोला कि यहां पर कुछ लोग आए थे तो अपना फोन भूल गए हैं और अपने प्रधानमंत्री उनके साथ ही कहीं बाहर गए थे । तो वह फोन मैं उठाकर लेकर आ गया । सिक्योरिटी बोल रहा था कि यह फोन तो करीब 2 दिन से पड़ा है यहीं पर ।

शाहाजत खान : बहुत ही बड़ा काम किया है तूने । पहले मोबाइल में एरोप्लेन मोड डाल दे और फिर सभी का नंबर ढुंढ देख उनके देश के प्रधानमंत्री का नंबर है या नहीं ।

शादाब आलम : किसका नंबर मीया थोड़ा जोर से बोलिए ।

बेगम अख्तर : तुझे सुनाई नहीं देता है । तुझे बोला भारत के प्रधानमंत्री इंदिरा गांधी का नंबर ढुंढ के दे समझा ।

शाहाजत खान : रूको जरा सब्र रखो देखते हैं जनाब ।

(थोड़ी देर बाद उसने चेक किया और कहा)

शाहाजत खान : इसमें मैंने सारे नंबर चेक किये पर मुझे सिर्फ एक नंबर थोड़ा अजीब लगा इसमें एक नंबर पीएम के नाम से सेव है ।

बेगम अख्तर : तो वो नंबर इंदिरा गांधी का ही है ।

शाहाजत खान : लेकिन तुम इतने विश्वास के साथ कैसे कह सकती हो कि वो नंबर इंदिरा का ही है ।

बेगम अख्तर : हे अल्लाह इस को आपने क्यों बनाया और बनाया भी तो दिमाग नहीं दिया आपने ।

शाहाजत खान : रहने दो अगर मेरे पास दिमाग नहीं होता ना तो में मोबाइल लेकर नहीं आता समझी ।

बेगम अख्तर : समझ गयी लेकिन अब तु समझ । अच्छा ये मोबाइल किसका है पहले ये बता ।

शाहाजत खान : उस हिन्दुस्तानी जासुस का ।

बेगम अख्तर : तो फिर उसके मोबाइल में जो नंबर सेव है पीएम के नाम से वो किसका होगा अपने सरदार अली भुट्टो का या इंदिरा गांधी का । वो अपने ही देश के प्रधानमंत्री का नंबर रखेगा ना कि तेरी घर वाली का फोन नंबर रखेगा नालायक ।

शाहाजत खान : ओ अच्छा अब समझ आया । ये बात तो में कबका समझ गया था । मुझे कुछ ओर ही लगा ।

शादाब आलम : इतिहास कलम से लिखा जाता है और हम इतिहास बहते खुन कि नदियों से लिखेंगे ।

(बेगम अख्तर अपने आप से मन में बातें करने लगी ये फिर से बड़बड़ाने लगा ।)

बेगम अख्तर : खाना लगाउ नहीं तो फिर में खा लेती हूं । मुझे बहुत जोर कि भुख लगी है ।

शादाब आलम : ठीक है परोस दो हमें खाना ओर इस नालायक को भी ।

(इंदिरा गांधी गुजरात के मुख्यमंत्री घनश्याम ओझा जी से कुछ बात कर रही थी ।)

इंदिरा गांधी : आप तो जानते ही हैं कि कितना कष्ट सहकर भारत को आजाद करवाया है अपने वीर जवानों ने और स्वतंत्र सेनानियों ने ।

घनश्याम ओझा : वो तो मैं समझ ही रहा हूं । लेकिन मुझे आपसे कुछ जानना है ।

इंदिरा गांधी : क्या जानना चाहते हैं आप ।

घनश्याम ओझा : भुज 1971 जंग के बारे में जानना चाहता हूं में ।

[तभी चपरासी अंदर आता है और इंदिरा गांधी से कहता है ।]

चपरासी : मैम आपसे हरिचंद दीवान मिलने आये है । तो उन्हें अंदर भेज दु या नहीं ।

इंदिरा गांधी : ठीक है आने दो उन्हें अंदर ।

(चपरासी जाकर हरिचंद को कह देता है । हरिचंद दीवान अंदर आते हैं)

हरिचंद दीवान : जय हिन्द मैम & जय हिन्द सर ।

इंदिरा गांधी : जय हिन्द ।

घनश्याम ओझा : जय हिन्द ।

इंदिरा गांधी : बताइए कैसे आना हुआ ।

हरिचंद दीवान : बहुत अफसोस हो रहा है मुझे । आप ने मुझे मिशन कच्छ में शामिल नहीं किया मैम ।

इंदिरा गांधी : लेकिन तब आपकी पोस्टींग यहां कच्छ में नहीं था इसलिए मैंने आपको मिशन कच्छ में शामिल नहीं किया । कोई बात नहीं अगली बार आपको मिशन में शामिल करूंगी ।

हरिचंद दीवान : आज आप कुछ खास मीटिंग कर रही है मैम । मैंने आपको डिस्टर्ब तो नहीं किया ना आपको ।

इंदिरा गांधी : नहीं कुछ खास मीटिंग नहीं है ।

घनश्याम ओझा : मैम तो मुझे 1971 कि कहानी बताइए ।

इंदिरा गांधी : हा । हमारे साथ जो बैठे हैं वो ही यह कहानी के बारे में आपकों बताएंगे । क्योंकि तब वो इस मिशन में शामिल थे । हरिचंद जी बताइए क्या हुआ था ।

घनश्याम ओझा : नहीं में सुनना नहीं चाहता हूं कहानी । में कुछ सवाल करूंगा उसका ही जवाब देना आपको विस्तार में ।

हरिचंद दीवान : ठीक है

घनश्याम ओझा : मेरा पहला सवाल । 1) भारत पाकिस्तान युद्ध 1971 के दौरान सेना प्रमुख कौन था?

हरिचंद दीवान : में आपको पूरी कहानी ही बताता हूं शुरूआत से । तो सुनीये

1971 का भारत-पाक युद्ध भारत एवं पाकिस्तान के बीच एक सैन्य संघर्ष था। इसका आरम्भ तत्कालीन पूर्वी पाकिस्तान के स्वतंत्रता संग्राम के चलते 3 दिसंबर, 1971 से दिनांक 16 दिसम्बर, 1971 को हुआ था एवं ढाका समर्पण के साथ समापन हुआ था। युद्ध का आरम्भ पाकिस्तान द्वारा भारतीय वायुसेना के 11 स्टेशनों पर रिक्तिपूर्व हवाई हमले से हुआ, जिसके परिणामस्वरूप भारतीय सेना पूर्वी पाकिस्तान में बांग्लादेशी स्वतंत्रता संग्राम में बंगाली राष्ट्रवादी गुटों के समर्थन में कूद पड़ी। मात्र 13 दिन चलने वाला यह युद्ध इतिहास में दर्ज लघुतम युद्धों में से एक रहा।

युद्ध के दौरान भारतीय एवं पाकिस्तानी सेनाओं का एक ही साथ पूर्वी तथा पश्चिमी दोनों फ्रंट पर सामना हुआ और ये तब तक चला जब तक कि पाकिस्तानी पूर्वी कमान ने समर्पण अभिलेख पर 16 दिसम्बर, 1971 में ढाका में हस्ताक्षर नहीं कर दिये, जिसके साथ ही पूर्वी पाकिस्तान को एक नया राष्ट्र बांग्लादेश घोषित किया गया। लगभग ~90000 हजार से ~93000 हजार पाकिस्तानी सैनिकों को भारतीय सेना द्वारा युद्ध बन्दी बनाया गया था। इनमें 79,676 से 91000 हजार तक पाकिस्तानी सशस्त्र सेना के वर्दीधारी सैनिक थे, जिनमें कुछ बंगाली सैनिक भी थे जो पाकिस्तान के वफ़ादार थे।

शेष 10324 से 15000 हजार युद्धबन्दी वे नागरिक थे, जो या तो सैन्य सम्बन्धी थे या पाकिस्तान के सहयोगी (रज़ाकर) थे। एक अनुमान के अनुसार इस युद्ध में लगभग 30000 हजार से 3 लाख बांग्लादेशी नागरिक हताहत हुए थे। इस संघर्ष के कारण, 80000 हजार से लगभग 1 लाख लोग पड़ोसी देश भारत में शरणार्थी रूप में घुस गये।

फिर

हालांकि इस मिशन को राष्ट्रीय सुरक्षा परिषद के कई घटकों का समर्थन नहीं मिल पाया था, और परिणामस्वरूप इसे वीटो कर दिया गया। पाकिस्तान पीपुल्स पार्टी के अध्यक्ष, जुल्फिकार अली भुट्टो के वीटो को समर्थन देने और पाकिस्तान की प्रीमियरशिप को शेख मुजीबुर्रहमान को देने से मना कर देने पर आवामी लीग ने राष्ट्रव्यापी सामान्य हड़ताल कि घोषणा कर दी।

फिर राष्ट्रपति याह्या खान ने नेशनल असेम्बली के संयोजन को स्थगित कर दिया जिससे आवामी लीग एवं उसके पूर्वी पाकिस्तान के ढेरों समर्थकों का मोहभंग हो गया। इसकी प्रतिक्रियास्वरूप शेख मुजीबुर्रहमान ने सामान्य हड़ताल की घोषणा की जिससे सरकार बंदी के हालात हो गये साथ ही उधर पूर्व में असंतुष्टों के समूह ने बिहारी जातीय समूहों पर अपनी अहिंसक प्रतिक्रिया करनी आरम्भ कर दी, जिन समूहों ने पाकिस्तान का समर्थन किया था।

मार्च 1971 के आरम्भ में अकेले चिट्टागॉन्ग में ही लगभग 300 बिहारियों को बंगालियों की हिंसक भीड़ ने काट डाला। पाकिस्तान सरकार ने इस "बिहारी हत्याकाण्ड" के बहाने पूर्वी पाकिस्तान में कुछ दिन बाद २५ मार्च को ऑपरेशन सर्चलाइट के तहत सेना

तैनात कर दी। राष्ट्रपति याह्या खान ने तब पूर्वी पाक-सेनाध्यक्ष लेफ्टि.जन.साहबज़ादा याकूब खां से त्यागपत्र मांगने के बाद पूर्व के असन्तुष्टों को दबाने के लिये और सेना बढ़ा दी जिसमें पश्चिमी पाकिस्तानी सैनिकों की बहुतायत थी।

घनश्याम ओझा : रूक जाईए मुझे यह बताइए कि इस युद्ध का कारण क्या था ।

हरिचंद दीवान : जी बताता हूं ।

इसके पीछे का कारण तत्कालीन अमेरिकी राष्ट्रपति निक्सन और भारतीय प्रधानमंत्री इंदिरा गांधी के बीच संबंधों का अच्छा न होने को भी बताया जाता था। 1971 के समय अमेरिका और पाकिस्तान के संबंध काफी मजबूत माने जाते थे। अमेरिका ने पाकिस्तान को कई अत्याधुनिक हथियार दिए थे।

घनश्याम ओझा : लोंगेवाला युद्ध में कितने जवान शहीद हुए ।

हरिचंद दीवान : लोंगेवाला पोस्ट आज 'इंडो-पाक पिलर 638' के नाम से जाना जाता है। पाकिस्तान ने यहां से घुसने की कोशिश तो की, लेकिन कामयाब नहीं हो सका। इस जंग में भारतीय पक्ष से दो जवान शहीद हुए, जबकि पाकिस्तान को अपने 200 सैनिक गंवाने पड़े।

घनश्याम ओझा : 1971 में रूस ने भारत का कैसे साथ दिया था?

हरिचंद दीवान : संयोगवश युद्ध शुरू होने के कुछ ही महीने पहले ही दोनों देशों के साथ सोवियत-भारत शांति, मैत्री और सहयोग संधि हुई थी. अमेरिकी नौसेना को बंगाल की खाड़ी की ओर बढ़ता देख रूस ने भारत की मदद के लिए अपनी परमाणु क्षमता से लैस पनडुब्बियों और विध्वंसक जहाजों को प्रशांत महासागर से हिंद महासागर की ओर भेज दिया था.

इंदिरा गांधी : आप सभ कुछ पुछ लिजीए घनश्याम जी इन्हें सभ कुछ पता है ।

घनश्याम ओझा : 1971 कैसे महत्वपूर्ण है?

हरिचंद दीवान : 1971 के युद्ध में पाक को मिली थी करारी शिकस्त। बांग्लादेश को आजाद हुए 50 साल हो गए हैं। 16 दिसंबर 1971 बांग्लादेश की आजादी और भारत के शौर्य से भरे इतिहास में बेहद महत्वपूर्ण तारीख है। जब कभी बांग्लादेश के अस्तित्व की बात होगी तब पाकिस्तान के जुल्म, आतंक और बर्बरता और भारत के अदम्य साहस का जिक्र जरूर होगा।

घनश्याम ओझा : भारत के पश्चिमी क्षेत्र में भारत और पाकिस्तान के बीच लड़ा गया पहला बड़ा युद्ध कौन सा था?

हरिचंद दीवान : 1947 का भारत-पाक युद्ध, जिसे प्रथम कश्मीर युद्ध भी कहा जाता है, अक्टूबर 1947 में शुरू हुआ। और कुछ जानना चाहते हैं आप ।

घनश्याम ओझा : नहीं अब तो बहुत कुछ जान लिया है मैंने ।

इंदिरा गांधी : ओर कुछ पुछ्ना है तो पुछ लिजीए घनश्याम जी ।

घनश्याम ओझा : नहीं नहीं अब नहीं ।

(इंदिरा गांधी चपरासी को अंदर बुलाती है ओर कहती है । जाओ तीन कप चाय और गरमा गरम नाश्ता लेकर आओ । चपरासी थोड़ी देर बाद तीन कप चाय और गरमा गरम

समोसा लेकर टेबल पर रख देता है ।)

इंदिरा गांधी : चाय पी लिजिए पहले आप दोनों । घनश्याम जी गुजरात के कई गांवों में पानी नहीं आता है । उन लोगों को पानी कि समस्या हो रहा है ।

घनश्याम ओझा : (चाय पीते पीते) हां उन गांवों में पाईप लाईन लगवाना है । काम तो चालु हो जाएगा एक दो दिन में ।

इंदिरा गांधी : कुछ नया योजना बनाया है या नहीं आपने । जिससे गुजरात के लोगों को फायदा हो सके ।

घनश्याम ओझा : करीब चार से पांच योजना अभी लागु ही । लोग उनका लाभ उठा रहे हैं ।

इंदिरा गांधी : कौन सा योजना है वैसे।

घनश्याम ओझा : अन्न योजना , वस्त्र योजना , गांव में सड़क बन रहे और स्कूल ताकि बच्चे पढ़ सके मुफ्त में ।

इंदिरा गांधी : में कुछ नया सोच रही हूं । नया योजना जो भारत में लागु होगा ।

घनश्याम ओझा : कौन सा योजना ।

इंदिरा गांधी : अभी टाइम है लेकिन में आपको इसके बारे में जरूर बताऊंगी ।

(तभी चपरासी फिर से अंदर आता है और इंदिरा गांधी से कहता है)

चपरासी : मैम आपसे मिलने कर्नल भार्गव और उनकी टीम आई है । उन सभी को अंदर आने दु

इंदिरा गांधी : हा आने दो अंदर और जाओ 10 कप फिर से चाय लेकर आना । तुमने अभी खाना खा लिया है या बाकी है ।

चपरासी : अभी तो बाकी है खाना । जी आप जैसा कहे ।

इंदिरा गांधी : चाय देने के बाद तुम आराम से बैठ कर खा लेना ।

चपरासी : ओके मैम ।

(चपरासी उन सभी को अंदर जाने के लिए कहता है और 10 कप चाय लाकर फिर से टेबल पर रख देता है ।

सभी जवानों ने इंदिरा गांधी को जय हिन्द कहा। इंदिरा गांधी ने भी उन्हें कहा जय हिन्द ।)

इंदिरा गांधी : बताइए कैसे आना हुआ ।

कर्नल भार्गव : मैम आपसे और घनश्याम जी से कुछ जरुरी बात कहना था ।

इंदिरा गांधी : कहिए ।

घनश्याम ओझा : कहिए ।

कर्नल भार्गव : मैम गांव के हालात देखते हुए में आपसे यही कहने आया हूं । गांव के चारों तरफ स्टील का गेट लगवाना है और रडार को डबल फ्रिक्वेंसी में एक्टिवेट करना है । इसलिए आप जितना बजट देंगे उतना में हम कोम चालू कर वार्येंगे ।

इंदिरा गांधी : ज्यादा से ज्यादा खर्चा 7-8 करोड का होगा है ना ।

कर्नल भार्गव : इतना सारा खर्चा ।

इंदिरा गांधी : बोर्डर के चारों साइड माइनिंग करके माइन्स बिछावा देना । रडार को जब डबल फ्रिक्वेंसी में एक्टिवेट करो तब ध्यान रखना कि पक्षियों को नुक्सान ना पहुंचे । पानी कि सुविधा उपलब्ध है कि नहीं गांव में ।

मेजर गमित सिंह : नहीं मैम पानी कि सुविधा उपलब्ध नहीं है गांव में । सभी गांव के लोग एक कुआ से पानी ले जाते हैं और वह कुआ बहुत ही गंदा है ।

इंदिरा गांधी : ठीक है । में ये सभी काम आरंभ हो जाएगा । अच्छे से अच्छे करीगरों को भेज दुंगी । ताकि दो दिन में काम कम्प्लीट कर दे ।

कर्नल भार्गव : मैम आपको फोन आया था किसी का ।

इंदिरा गांधी : किसका फोन ।

कर्नल भार्गव : जुल्फ़िक़ार अली भुट्टो कि पत्नी नुसरत भुट्टो का ।

इंदिरा गांधी : हां आया था । सिर्फ उसने मुझ से कहा कि मेरे पति का सब मुझे दे दो बस इतना कहकर उसने फ़ोन रख दिया ।

मेजर ध्यानचंद : मैम कुछ भी कहो तो क्या लेकिन मिशन कच्छ 1972 में बहुत मजा आया ।

इंदिरा गांधी : अरे आप सभी चाय तो पिजीए । बातों - बातों में भुल गयी कहना ।

कर्नल भार्गव : नहीं हम चाय पीने आये है हां और एक बात मैम । हमने एक बहुत बड़ी गलती कि है ।

इंदिरा गांधी : कोन सी गलती और कैसी गलती ?

कर्नल भार्गव : हमने जुल्फ़िक़ार अली भुट्टो को मार भले दिया मगर उसका संगठन में जो सदस्य हैं वो भी तो इससे जुड़े ही होंगे । हमने उन्हें ना मारकर बहुत बड़ी गलती कि हैं ।

इंदिरा गांधी : अब क्या कर सकते हैं फिर आपको मिशन के वक्त ही ये काम करना था ।

लेफ्टिनेंट कर्नल विवेक कुमार पांडे : मैम हम सोच तो रहे थे लेकिन कर नहीं पाए ।

मेजर गमित सिंह : मैम आपसे हम आपका राय जानना चाहते हैं । इनका करना क्या है ।

इंदिरा गांधी : उडा दो ।

कर्नल भार्गव : मैम ये आपका ही निर्णय है या फिर ??

इंदिरा गांधी : ईट्स माय ऑर्डर । खत्म कर दो कहानी ताकि पाकिस्तान के नागरिक भी चेन से जी सके और हम चेन कि शास ले सके । ये काम आपको उसी वक्त करना था । लेकिन पहले आप लोग कुछ नहीं करेंगे । में जानती हुं वो कभी ना कभी तो कुछ करेंगे ही । ओर में इसलिए फटा फट निर्णय ले रही हुं ताकि आने वाले समय में भारत समस्या का पहाड़ एवम निष्ठा ना रहे । इसलिए उड़ा दो खत्म करो ये चेप्टर ।

कर्नल भार्गव : मैम अगर आप अभी से गांव में काम चालू कर वा देते तो । गांव के लोग भी सुरक्षित रहेंगे ।

घनश्याम ओझा : जाइए काम आज से ही शुरू हो जाएगा बजट का चिंता ना करें आप ।

इंदिरा गांधी : काम तो सिर्फ दो दिन में समाप्त हो जाएगा ।

घनश्याम ओझा : छोटी सी गलती और आज भुगद रहा है भारत ।

इंदिरा गांधी : हां वो तो है । क्या जरूरत था भारत में धर्म को अलग अलग करने कि में अपने पिता पंडित जवाहरलाल नेहरू से नाराज़ हुं । नहीं धर्म अलग होता नहीं भारत के लोग अलग होते ।

घनश्याम ओझा :आप अपने पिताजी के विरुद्ध क्यों बोल रही है ।

इंदिरा गांधी : में जो कह रही हुं वो सही है । इंसानों को बांटने कि क्या जरूरत थी । तुम मुस्लिम , तुम शीख , तुम ब्राह्मण आपने तो सुना है वसुदेव कुटुंबकम ।

हिंदू धर्म को लेकर उदार थे मेरे पिताजी नेहरू के विचार

दरअसल धर्म और खासकर हिंदू धर्म को लेकर नेहरू के विचार खासे उदार थे. वे महात्मा गांधी की उसी धार्मिक दृष्टि से प्रेरणा लेते थे जो कहती थी कि इतने विशाल देश को धर्म को किराने रखकर नहीं चलाया जा सकता. उनके लिए धर्म का मतलब एक निजी आध्यात्मिकता थी. हां, वे इसके राजनैतिक इस्तेमाल के खिलाफ जीवन भर डटे रहे.

घनश्याम ओझा : मेरा आप से एक सवाल है । बुरा मत मानिएगा मैंने भी यह किताब में पढ़ा था ।

इंदिरा गांधी : पुछीए सवाल ।

घनश्याम ओझा : नेहरू जी ने पुरानी रीति रस्मो का विरोध क्यों किया आप बता सकते हैं ।

इंदिरा गांधी : मेरे पिता कहते थे । भले ही मैंने पुरानी परंपराओं, रीति-रिवाजों और रस्मों को छोड़ दिया हो और मैं चाहता भी हूं कि हिंदुस्तान इन सब जंजीरों को तोड़ दे। जिनमें वह जकड़ा है और जो उसको आगे बढ़ने से रोकती है और लोगों में फूट डालती है। जो बेशुमार लोगों को दबाए रखती है और जो शरीर और आत्मा के विकास को रोकती है।

वह अपने स्पीच में कहते थे ।

दुनिया कब सोएगी भारत जागेगा?

आधी रात के समय , जब दुनिया सोती है, भारत जीवन और स्वतंत्रता के लिए जाग जाएगा। एक ऐसा क्षण आता है, जो इतिहास में बहुत कम आता है, जब हम पुराने से नए की ओर कदम बढ़ाते हैं - जब एक युग समाप्त होता है, और जब एक राष्ट्र की आत्मा, लंबे समय से दबी हुई, उच्चारण पाती है। लेकिन धर्म परिवर्तन करके उन्होंने ठीक नहीं किया । अब में फिर से धर्म को एक तो नहीं कर सकती हुं । तब आप ही बताइए कि ये काम मेरे पिताजी ने सही किया या ग़लत ।

घनश्याम ओझा : बिल्कुल गलत किया । मैम मैं चाहता हूं जितने भी गरीब और अनाथ बच्चे हैं उनको मुफ्त शिक्षा कैसे प्रदान किया जाए और कैसे गरीबी खत्म होगी अपने देश में ।

इंदिरा गांधी : गरीबी कैसे खत्म की जा सकती है?

स्वयं ही संभलना होगा गरीबी तब तक खत्म नहीं होगी, जब तक गरीब स्वयं इससे निकलने का प्रयास नहीं करेगा। कुछ बातों का विशेष ध्यान रखें जैसे कि

- योजनाओं का सही क्रियान्वयन हो
- जरूरी है रोजगार
- स्वरोजगार पर ध्यान दे सरकार
- ग्रामीण विकास योजनाएं जरूरी
- श्रम का सही उपयोग हो
- समन्वय आवश्यक
- मुफ्त शिक्षा और चिकित्सा की व्यवस्था आवश्यक

घनश्याम ओझा : ठीक है। अब मैं चलता हुं । पहले गांव में काम चालू कर वा देता हूं ।

इंदिरा गांधी : हां पहले वह ज़रूरी है । ठीक जाइए ।

(घनश्याम ओझा वहां से चले जाते हैं)

इंदिरा गांधी : अब इतिहास नहीं जानना है और नहीं इतिहास को पढना है । अब इतिहास रचा जाएगा । आप सभी तैयार रहें । जैसा दुश्मन वैसा ही होगा युद्ध । एक काम किजिए मैं डि.आर.डि.ओ से बात कर ड्रोन मंगवाती हूं । हम ड्रोन को पाकिस्तान के कोहलू में भेजेंगे और उससे हमें यह पता लग जाएगा की उनका संगठन किधर है । ड्रोन में टाइम बम फिट कर देंगे ।

कर्नल भार्गव : मैम यह मिशन हमारा कामयाब नहीं हो पाएगा क्योंकि जब ड्रोन पाकिस्तान में प्रवेश करेगा तो पाकिस्तान का रडार एक्टिवेट हो जाएगा पाकिस्तानी ड्रोन पर फायरिंग करना शुरू कर देंगे ।

मेजर गमित सिंह : एक बार कोशिश तो करते हैं ।

सचिन वर्मा : लेकिन जब वो फायरिंग स्टार्ट करेंगे तब हम बोम ब्लास्ट कर देंगे ।

हरिचंद दीवान : हमें ड्रोन को पाकिस्तान के अंदर लेके जाना है । उसकी सीमा पर नहीं । भार्गव जी कहना चा रहे हैं कि ड्रोन जब पाकिस्तान कि सीमा पर पहुंचेगा तब पाकिस्तानीयों कि उस पर नजर पड़ेगी । इसलिए वह कह रहे हैं कि यह मिशन कामयाब नही हो पाएगा ।

मेजर ध्यानचंद : मैम अभी रात के आठ बज रहे हैं । अगर हम ड्रोन को आज 11 बजे भेजें तो कैसा रहेगा ।

इंदिरा गांधी : मुझे लगता है कि ये मिशन कामयाब नहीं हो सकता है । अगर उनकी नजर पड़ेगी तो वो ड्रोन को छोड़ेंगे नहीं ।

लेफ्टिनेंट कर्नल विवेक कुमार पांडे : मैम अगर हम एक साथ 5 ड्रोन भेजें । सभी ड्रोन को एक एक किलोमीटर दूर रखेंगें । तब ये मिशन जरूर कामयाब होगा ।

इंदिरा गांधी : आईडिया तो ठीक है । भार्गव जी आपका क्या कहना है । भेज दे ड्रोन बोलिए ।

कर्नल भार्गव : एक बार देख लेते हैं भेज के ओर क्या करेंगे ।

इंदिरा गांधी : ठीक है तो में डी.आर.डी.ओ से बात कर लेती हूं और हम ड्रोन को 11:00 बजे भेज देंगे । इस ड्रोन को कंट्रोल डीआरडीओ की टीम ही करेगी उनको मैं आपके साथ भेज दूंगी ।

वीर अर्जुन : लेकिन उन्हें आने में तो समय लगेगा ।

इंदिरा गांधी : में उन्हें तुरंत फोन करके कहती हूं आप जल्दी से 5 ड्रोन लेकर आ जाइए कच्छ में । ठीक है तो आप सभी निकलीए आपको भी तो कच्छ पहुंचना है ।

वीर अर्जुन : ठीक है मैम । जय हिन्द ।

(सभी सैनिकों ने इंदिरा गांधी को जय हिन्द कहा ओर कच्छ की तरफ प्रस्थान हो गए । तब तक चलिए देख ले कि पाकिस्तान में क्या हो रहा है । नुसरत भुट्टो ने अपने घर खास मंत्री एवम् दलाल को आमंत्रित किया था ।)

नुसरत भुट्टो : आप सभी को क्या लगता है कि मुझे यह मुल्क प्रधानमंत्री बनाएगा या फिर रह जाएगा सपना अधुरा मेरे प्रधानमंत्री बनने का ।

मोहम्मद अली (वकील) : आप जरूर बनेंगे प्रधानमंत्री टेंशन मत लिजिए ।

नुसरत भुट्टो : आपको एक केस हेंडल करना है । नाजुक सा केस है । करेंगे हेंडल ?

मोहम्मद अली (वकील) : लेकिन केस क्या है ।

नुसरत भुट्टो : मेरे पड़ोस में एक औरत रहती है । बिचारी कितने सालों से केस लड़ रही है लेकिन केस कभी जीत नहीं पाई । आंतकवादीयो ने उसकी बेटी का अपहरण कर लिया है ओर उसके पति का दावा है कि उसने उसको खत्म कर दिया है । यही तो मामला है ।

मोहम्मद अली (वकील) : केस तो में हेंडल कर लुंगा । लेकिन कुछ भी कहो आपने इतने मुश्किल समय में अपने परिवार का ढाल बनकर खडी हो आप । हे अल्लाह हे खुदा मुझे सुन रहा है तो सुन इनका जो भी इच्छा हो उसे तु पुरा कर देना ।

नुसरत भुट्टो : जो हुआ आप उसे भुल जाईए । (अपनी बेटी से कहती है बेटा जाओ सेवया होगा सभी के लिए लेकर आओ)

बेनजीर भुट्टो : जी अम्मी ।

(वह सेवया लाकर सभी को दे देती है)

बाबर फारूख (मंत्री) : चुनाव तो आप ही जीतेंगी । आपने उन्हें भारत क्यों जाने दिया । नहीं वो भारत जाते नहीं उनकी मृत्यु होती । मुझे यह बात पाले नहीं पड रहा है कि आखिर भारत ने उन्हें क्यों मारा ।

नुसरत भुट्टो : मुझ से कहे बिना ही चले गए । दो तीन दिन से वो बहुत चिंतित थे । कोहलू और सीबी पर हमला हुआ था उसके लिए । कोई बात नहीं वक्त लौटकर कभी नहीं आता है । अब वो मुझे छोड़कर गए हैं तो वापस लौटकर नहीं आ सकते हैं ।

मोहम्मद अली (वकील) : उन्होंने मारा क्यों ? आपने क्यों नहीं बदला लिया ? गुहार क्यों नहीं लगया इंदिरा गांधी को ?

नुसरत भुट्टो : उन्होंने क्यों मारा और कैसे मारा में नहीं जानती हुं । ओर हां गुहार किसे लगाऊं सभी के सभी मिले हुए थे । बदला तो में लुंगी लेकिन प्रधानमंत्री बनने के बाद । मौत का बदला मौत और खुन का बदला खुन ।

बाबर फारूख : आपको कुछ परेशानी तो नहीं है ना ।

नुसरत भुट्टो : परेशानी तो है फारूख जी । सेवया तो खायीए वरना ठंडा हो जाएगा ।

बाबर फारूख : अच्छा यह परेशानी है आपको । ठीक है खा लेता हूं ।

शोरूम मालिक : देखिए चुनाव के बारे में आपको कुछ खास सुचना देना चाहता हूं ।

दरअसल, पाकिस्तान की राजनीति में भी भारत के लोग काफी रूचि रखते हैं और अब जब चुनाव होने जा रहे हैं तो सवाल ये है कि पाकिस्तान में चुनाव कैसे होते हैं. ऐसे में आज हम आपको पाकिस्तान की संसद का स्ट्रक्चर बताने के साथ ही पाकिस्तान में चुनावी व्यवस्था के बारे में बता रहे हैं. इससे आप समझ जाएंगे कि पाकिस्तान में चुनाव किस तरह होते हैं और यहां प्रधानमंत्री कैसे बनते हैं. ओर आप यह भी जान लें कैसी है यहां कि संसद ?

कैसी है पाकिस्तान की संसद?

पाकिस्तान की संसद को मजलिस-ए-शूरा कहा जाता है. यह अभी पाकिस्तान के इस्लामाबाद में है. इससे पहले 1960 पाकिस्तान के कराची में थी, जिसे बाद में इस्लामाबाद में शिफ्ट किया गया. पाकिस्तान की संसद में दो सदन होते हैं. पाकिस्तान में निचले सदन यानी राष्ट्रीय अंसेबली को कौमी इस्म्बली कहा जाता है. वहीं उच्च सदन यानी सीनेट को आइवान-ए बाला कहा जाता है. राष्ट्रीय असेंबली भारत की लोकसभा की तरह होती है. हालांकि भारत में राष्ट्रपति संसद का हिस्सा नहीं होता है, जबकि पाकिस्तान की संसद में दोनों सदनों के साथ राष्ट्रपति भी शामिल होता है.

लोकसभा यानी नेशनल असेंबली के लिए चुनाव होते हैं. इसमें कुल 342 सीट होती हैं, जिनमें से 242 चुनाव के जरिए चुने जाते हैं और बाकी के 70 महिलाओं और अल्पसंख्यकों के लिए आरक्षित हैं. वहीं आइवान ए बाला कभी डिजॉल्व नहीं होती है, बस इसके सदस्य बदलते रहते हैं. यहां सदस्यों का कार्यकाल 6 साल होता है. भारत में सांसदों को मेंबर ऑफ पार्लियामेंट कहा जाता है, जबकि यहां सदस्यों को मेंबर ऑफ नेशनल असेंबली कहा जाता है. यहां भी एक स्पीकर होता है.

बाबर फारूख : कुछ में भी आपको समझाना चाहता हूं । आपको में लाइन बाय लाइन समझाता हूं ।

•क्या है चुनाव की व्यवस्था?

पाकिस्तान और भारत में चुनाव की व्यवस्था लगभग मिलती जुलती है. भारत के ऊपरी सदन राज्यसभा की तरह पाकिस्तानी सीनेट के सदस्यों को प्रांतीय असेंबलियों के सदस्य चुनते हैं, जबकि निचले सदन राष्ट्रीय असेंबली के सदस्यों को आम चुनाव से चुना जाता है. आप जानते होंगे भारत की लोकसभा में 545 सदस्य होते हैं, उनसे 2 सदस्य मनोनीत किए जाते है. हालांकि, पाकिस्तान में प्रत्यक्ष चुनाव 342 में 272 सदस्यों का चुनाव होता है, जबकि 70 सदस्य के लिए चुनाव नहीं होता है. इन लोगों को खास तरह से चुना जाता है.

• कैसे होता है चुनाव?

दरअसल, 272 सीटों के लिए तो भारत की तरह ही आम चुनाव होते हैं, जिसमें देश की जनता चुनाव में हिस्सा लेती है. इसके बाद अब बात है उन 70 सदस्यों की, जो बिना चुनाव के ही चुने जाते हैं. इन 70 सीटों में 60 सीटें महिलाओं के लिए आरक्षित होती हैं तो 10 सीटें पाकिस्तान के पारंपरिक और धार्मिक अल्पसंख्यक समुदाय के लिए आरक्षित होती हैं. इनका चुनाव आनुपातिक प्रतिनिधित्व नियम के तहत होता है.

• क्या है आनुपातिक प्रतिनिधित्व नियम?

इन नियम में हर पार्टी की ओर से उम्मीदवार चुने जाते हैं, लेकिन इनकी संख्या उनकी जीती हुई संख्या के आधार पर तय होती है. जैसे मान लीजिए किसी पार्टी ने 100 सीटों पर चुनाव जीता है और किसी ने 50 सीटों पर. ऐसे में 100 सीटों पर चुनाव जीतने वाली पार्टी के 70 में से ज्यादा सदस्य होंगे. जो पार्टी जनता के वोट पाकर जितनी ज्यादा अनारक्षित यानी सामान्य सीटें जीतती है, उसी अनुपात में आरक्षित 70 सीटों पर उनके उम्मीदवार राष्ट्रीय असेंबली के लिए चुने जाते हैं.

• उच्च सदन के लिए अलग व्यवस्था ?

किस्तानी संसद के उच्च सदन सीनेट में 104 सदस्य होते हैं और यह अलग अलग आधार पर चुने जाते हैं. इनमें फाटा, महिला, टेक्नो टोकरा, उलेमा आदि के लिए सीट आरक्षित रहती है. सीनेट के सदस्यों का कार्यकाल 6 साल का होता है. सीनेट को ऐसे कई विशेष अधिकार दिये गए हैं, जो नेशनल असेंबली के पास नहीं है.

इतना आपको समझ आया कि नहीं पहले आप मुझे बताइए ।

नुसरत भुट्टो : हमें सभ कुछ समझ आया । में यह भी दावे के साथ कह सकतीं हुं । मेरा मुल्क मुझे ही प्रधानमंत्री बनाएगा ।

बाबर फारूख : यह तो हो गया प्रधानमंत्री चुनाव कैसे होता है । अब आप जानिए राष्ट्रपति का चुनाव कैसे होता है पाकिस्तान में ।

• कैसे चुना जाता है राष्ट्रपति?

संसद के सदस्य एक वोट देते हैं. जबकी प्रांतीय असेंबलियों के सदस्यों के मत की गणना एक जटिल प्रक्रिया के ज़रिए की जाती है.

सभी चारों प्रांतीय असेंबलियों को उनके आकार और जनसंख्या को दरकिनार कर एकसमान वोट दिए गए हैं.

देश की सबसे छोटी असेंबली बलूचिस्तान के सभी 65 सदस्यों के पास एक-एक वोट देने का अधिकार है. वहीं सबसे अधिक सदस्यों वाली पंजाब असेंबली के सदस्य के वोट को एक वोट का छठवाँ हिस्सा गिना जाता है.

• चुनाव की निगरानी कौन करेगा?

इस्लामाबाद स्थित संसद भवन और प्रांतीय राजधानियों में सुप्रीम कोर्ट के मुख्य न्यायाधीश और हाई कोर्ट के मुख्य न्यायाधीशों की निगरानी में मतदान होगा.

पाकिस्तान के चुनाव आयोग ने अदालतों से चुनाव की निगरानी के लिए कहा है.

बहुत कठिन था बताना लेकिन आपको मैंने लाइन टु लाइन समझा दिया ।

नुसरत भुट्टो : उसके लिए में आपकी शुक्र गुजार हुं । सुना है कि चांद नवाब भी हिस्सा लेंगे प्रधानमंत्री के चुनाव में ।

मोहम्मद अली : हां । मगर जनता आपको ही बनाएगी प्रधानमंत्री ।

बाबर फारूख : एक बात ध्यान में रखे आप सभी । अब्दुल हमीद के कानों में ये बात नहीं पड़ना चाहिए ।

नुसरत भुट्टो : कौन है ये अब्दुल हमीद ।

बाबर फारूख : उसका नाम सुनते सभी कांपते है । करीब उसने हजारों से ज्यादा लोगों का मर्डर किया । पुलिस भी उसका कुछ नहीं बिगाड़ सकती है । राक्षस है किसी को भी अपना नहीं समझता वो । हां लेकिन अली भुट्टो मतलब कि आपके पति को बहुत मानता था ।

नुसरत भुट्टो : कोई भी मुझे उससे कुछ फर्क नहीं पड़ता है ।

बाबर फारूख : में सिर्फ आपको बता रहा था । पाकिस्तान में अभी भी राक्षस जिंदा है । (और मन मे कहने लगा एक अली भुट्टो राक्षस मरा अब ये कब मरेगा)

नुसरत भुट्टो : अभी तो पाकिस्तान में राष्ट्रपति शासन लागू है । जुलाई में चुनाव है सिर्फ 10 दस दिन रह गया है । आज 30 जून हो गया है । चलिए तो चुनाव के बाद मिलते हैं । आप भी जाकर सो जाइए रात के 8 बज गए हैं ।

बाबर फारूख : खुदा हाफ़िज़ ।

मोहम्मद अली (वकील) : खुदा हाफ़िज़ ।

नुसरत भुट्टो : खुदा हाफ़िज़ ।

(वो सभी अपने घर चले जाते हैं ।)

बेनजीर भुट्टो : अम्मी खाना तैयार है । आप कहे तो लेकर आऊं ।

नुसरत भुट्टो : हां लेकर आओ खाकर सो जाते हैं । मेरा सिर बहुत दर्द कर रहा है ।

बेनजीर भुट्टो : नहीं वो कबका खा के सो गए हैं ।

बेनजीर भुट्टो : ठीक है अम्मी खाना खा लो फिर मालिश कर देती हूं ।

नुसरत भुट्टो : मुर्तजा और सनम खाकर सो गए हैं कि अभी तक जाग रहें हैं ।

(रात के 9 बजने वाले थे । कर्नल भार्गव और उनकी टीम कच्छ पहुंच । वहां पर इंतजार कर रहे थे डीआरडीओ टीम का ।)

सचिन वर्मा : देखिए सर कब तक आते हैं ड्रोन लेके ।

कर्नल भार्गव : आ जाएंगे जब मैम ने कह दिया तो काम हो ही जाएगा ।

वीर अर्जुन : सर मैं तो कभी सोचता हूं कि हमारे सबसे बड़ा दुश्मन तो ब्रिटिश है । सर हम सभी जानते हैं भारत आजाद कब हुआ और कैसे हुआ?

भारत 15 अगस्त 1947 में आज़ाद हुआ था. ब्रिटीशर्स ने भारत पर लगभग 200 साल तक शासन किया, ना जाने कितने लोग शहीद हुए तब जा कर भारत को आज़ादी मिली.

मेजर गमित सिंह : ब्रिटीशर्स को हमारे स्वतंत्र सैनानियों ने सबक सिखा कर उन्हें उनके देश भेजा । तुम जानते हो क्यों छोड़ा ब्रिटिश ने भारत । अंग्रेजों ने भारत को आजाद क्यों किया?

इसके पीछे की वजह एक तरफ गांधी जी भारत छोड़ो आंदोलन में थे, दूसरी तरफ नेहरू और जिन्ना के बीच बंटवारे का मुद्दा गर्माया था। इस बीच 30 जून 1948 तक बड़ा फैसला होने वाला था। तब माउंटबेटन ने ज्यादा इंतजार न करते हुए एक साल पहले यानी 1947 में ही भारत की आजादी का फैसला किया।

वीर अर्जुन : अरे देखिए आ गई डि.आर.डी.ओ ।

मुकेश मकवाना (एरोनॉटिक्स इंजीनियर) : हेलो माय सेल्फ मुकेश मकवाना । मुझे अपने प्रधानमंत्री ने भेजा है । मैं पांच ड्रोन लेकर आ हुं ।

कर्नल भार्गव : आइए आपका स्वागत है । ड्रोन को सेट करना पड़ेगा या फिर कंप्लीट सेंटिंग है ।

मुकेश मकवाना : नहीं सब कुछ कंप्लीट है । बस हमें आप बताइए ड्रोन को कब भेजना है ।

कर्नल भार्गव : ठीक है तो आप हमारे केबिन में चलिए वहां पर प्रोजेक्टर और कम्प्यूटर है । वहीं से इसे कंट्रोल किजीएगा ।

मुकेश मकवाना : बिल्कुल चलिए अंदर ।

कर्नल भार्गव : हां ।

(सभी केबिन में जातें हैं ।)

मुकेश मकवाना : सर अभी कितने बज रहे हैं ।

वीर अर्जुन : अभी 9 बजके 25 मिनट हुआ है ।

कर्नल भार्गव : आप ड्रोन को 10 मिनट बाद लोंच कर देना ।

मुकेश मकवाना : ओके सर ।

लेफ्टिनेंट कर्नल विवेक कुमार पांडे : नहीं सर हम ड्रोन को 10 बजे लोंच करेंगे ।

कर्नल भार्गव : कोई बात नहीं 10 बजे लोंच करेंगे । मुकेश जी आप 10 बजे के पहले लोंच कर देना ।

मुकेश मकवाना : ओके सर मुझे कोई भी प्रोब्लम नहीं है । वैसे इस ड्रोन को भेजना कहा है ।

कर्नल भार्गव : पाकिस्तान के कोहलू और सीबी में ।

मुकेश मकवाना : आप मेप खोलिए । मुझे परफेक्ट बताइए कि हमें ड्रोन को कैसे भेजना है ।

मेजर गमित सिंह : मुल्तान से सीधा कोहलू फिर सीबी अगर उन्हें ड्रोन आने कि भनक लग गई तो रास्ता बदल लेंगे । हम श्रीनगर से सीधा साहिवाल में प्रवेश करेंगे ।

वीर अर्जुन : सर इस ड्रोन कि खासियत तो बताइए हम सभी को ।

मुकेश मकवाना : ये एक घंटे में करीब 170 किलोमीटर कि दुरी तय कर सकता है । और वीथ एस डी केमरा ।

लेफ्टिनेंट कर्नल विवेक कुमार पांडे : सारे ड्रोन को 1 किलोमीटर दूर रखियेगा । सभी ड्रोन में टाइम बोम फिट कर दिजिएगा ।

(सभ कुछ तैयार था । दस बजने में बस एक मिनट कि देर थी ।)

मेजर ध्यानचंद : सर लोंच किजिए ।

मुकेश मकवाना : ठीक है ।

(पांचो ड्रोन को लोंच कर एक एक किलोमीटर कि दुरी रखके पाकिस्तान कि तरफ भेज दिया गया । ड्रोन करीब 45 मिनट के बाद वह पाकिस्तान में प्रवेश कर गया ।)

कर्नल भार्गव : गमित और ध्यानचंद आप कडी नजर रखना ड्रोन पे ।

मेजर गमित सिंह : जी सर

मेजर ध्यानचंद : जी सर

(जिसका डर था वही हुआ पाकिस्तानी सैनिकों ने उस पर हमला करना शुरू कर दिया । उन्होंने एयर में ही सभी ड्रोन को तबाह कर दिया । ड्रोन तो पुरी तरह से तबाह हो गया । कैसे पहुंचेगा ड्रोन अब कोहलू और सीबी में ।)

कर्नल भार्गव : अब क्या करें । ड्रोन तो गए । मिशन फेल्ड ।

मेजर गमित सिंह : सर कोई बात नहीं । वैसे भी यह मिशन कामयाब नहीं हो पाता ।

(तभी इंदिरा गांधी कर्नल भार्गव को फ़ोन करती है । करीब रात के 11 बजके 39 मिनट हो रहे थे ।)

इंदिरा गांधी : क्या हुआ पता लगा कहा चुपे है उसके चमचे ।

कर्नल भार्गव : मैम पाकिस्तानीयो ने बोर्डर पर ही एक एक करके सभी ड्रोन को तबाह कर दिया ।

इंदिरा गांधी : चलिए कोई बात नहीं ।कभी ना कभी तो पता लग ही जाएगा । ठीक है आप मुकेश जी को कह दिजिएगा वो अभी निकल जाए । उन्होंने मुझे कहा था उन्हें कल अपने भाभी के जन्मदिन में जाना है ।

कर्नल भार्गव : ओके मैम । जय हिन्द ।

इंदिरा गांधी : जय हिन्द ।

(इतना कहकर इंदिरा गांधी फोन रख देती है ।)

कर्नल भार्गव : मुकेश जी आप जाइए आपको कल अपने भाभी के जन्मदिन में जाना है ।

मुकेश मकवाना : लेकिन आपको कैसे पता ।

कर्नल भार्गव : मैम का फोन आया था । उन्हें कह दिजिएगा जाने के लिए ।

मुकेश मकवाना : ओ !! ऐसी बात है । ठीक है में चलता हूं । जय हिन्द जय भारत । आप सभी के साथ काम कर बहुत मज़ा आया ।

कर्नल भार्गव : जय हिन्द जय भारत ।

(मुकेश मकवाना वहां से चले जाते हैं ।)

कर्नल भार्गव : आप सभी भी जाइए अपने अपने बटालियन में ।

(नई सुबह के साथ । पाकिस्तान के न्यूज़ चैनल पर बस एक ही खबर । आखिर क्यों भारत ने पाकिस्तान में जासूसी करने कि कोशिश कि । हमारे प्रेसिडेंट क्यों नहीं लेते कभी एक्सन ।)

नुसरत भुट्टो : (अपनी बेटी से) देख रही हो । कैसे भारत ने बिना कोई वजह के पाकिस्तान में ड्रोन भेजा ।

बेनजीर भुट्टो : हां अम्मी लेकिन ये लोग ऐसा क्यों कर रहे हैं ।

नुसरत भुट्टो : सिर्फ इंतजार करो मेरे प्रधानमंत्री का सभ कुछ बदल दुंगी ।

(यह खबर कोहलू और सीबी में पहुंच गया ।)

शाहाजत खान : मुझे लगता है अपने दुश्मन पगला गए हैं । ड्रोन से क्या जासूसी करना चाहते हैं वो ।

शादाब आलम : फिर से उनको हमारा जल्वा दिखाना पड़ेगा । इस बार ऐसा सबक सिखाऊंगा कि जिंदगी भर याद रखेंगे ।

शाहाजत खान : जरुरत तो है इन लोगों को ।

बेगम अख्तर : नालायकों दस जुलाई को चुनाव है । चुनाव में चांद नवाब और नुसरत भुट्टो हिस्सा ले रहे हैं । तुम्हें क्या लगता है किसे बनाएंगे प्रधानमंत्री ?

शाहाजत खान : नुसरत भुट्टो ही बनेगी पाकिस्तान कि प्रधानमंत्री । अगर चांद नवाब बीच में आया तो उडा देंगे ।

शादाब आलम : शाहाजत सही कह रहा है . नुसरत भुट्टो प्रधानमंत्री बन जाती है । तब उसे भी शामिल कर लेंगे । सभ कुछ पहले जैसा हो जाएगा ।

(कहानी में तभी नया ट्विस्ट आया । पाकिस्तान का सबसे बड़ा क्रिमिनल और आंतकवादी अब्दुल हमीद कि एंट्री हुई)

बेगम अख्तर : शायद हमें अब्दुल हमीद को बता देना चाहिए कि अली भुट्टो नहीं रहे इस दुनिया में ।

शाहाजत खान : हां बता देते हैं । वरना हमारे लिए ठीक नहीं होगा ।

(अपने उस्ताद के पास गए)

शाहाजत खान : वालेकुम सलाम उस्ताद । मुझे आपसे कुछ कहना है ।

अब्दुल हमीद : कुरआन अपनी एक आयत में बयान फर्माता है:

" "वस्त-ईनू बिस्सब्री वस्स्लाह"

सब्र और नमाजों से मदद चाहो .

शाहाजत खान : हां उस्ताद में जानता हूं ।

अब्दुल हमीद : बोल क्या बोलना चाहता है तु ।

शाहाजत खान : यही कि अब हमारे छोटे उस्ताद नहीं रहे ।

अब्दुल हमीद : शुभ शुभ बोल ।

शाहाजत खान : हां अब हमारे बीच छोटे उस्ताद अली भुट्टो नहीं रहे ।

अब्दुल हमीद : किसने मारा मेरे दोस्त को । किसकी इतनी हिम्मत हो गई ।

शाहाजत खान : कुछ भारत के लोग पाकिस्तान में आए थे और उन्हें चढ़ा - बढ़ा कर हिंदुस्तान लेकर गए और कुछ ही समय बाद उन हिंदुस्तानियों ने अपने छोटे उस्ताद को मार दिया । वह हिंदुस्तानी कुछ मिशन को अंजाम देने आए थे । उनका मिशन भी कामयाब रहा ।

अब्दुल हमीद : कौन कौन शामिल था उस मिशन में कहीं से ढूंढ के लाओ उनका नाम ।

शाहाजत खान : उस्ताद में उनका नाम जानता हूं । वो पांचों लोग इधर मिशन कच्छ को अंजाम देने आए थे । वो पांचों का नाम था । मेजर गमित , कर्नल भार्गव , विवेक कुमार , मेजर ध्यानचंद , वीर अर्जुन , सचिन वर्मा । सोरी टोटल 6 लोग थे ।

बेगम अख्तर : तुने हमको बताया भी नहीं । इतनी बड़ी सच्चाई हम सभी से छुपायी ।

अब्दुल हमीद : क्यों रे मुझे बोल नहीं सकता था ।

शाहाजत खान : इसलिए तों आपके पास आया हूं ।

अब्दुल हमीद : (अपने आदमियों से कहते हैं) बंदुक लेके आओ ।

शाहाजत खान : उस्ताद मुझे माफ कर दो । उस्ताद मुझे मत मारो उस्ताद में आपके पैर पडता हुं ।

(अब्दुल हमीद ने बिना कुछ सोचे उसे ठोक दिया)

अब्दुल हमीद : फेंक दो इसकी लाश नदी नाले में । तुम दोनों भी कुछ खबर लाये हो ।

शादाब आलम : (शादाब को मालुम सभ था लेकिन उसने कह दिया) नहीं उस्ताद मुझे कुछ नहीं मालूम ।

बेगम अख्तर : मुझे भी नहीं पता ।

अब्दुल हमीद : ठीक है । अब यहां से चले जाओ तुम्हरा

कुछ काम नहीं है ।

(दोनों वहां से चले जाते हैं)

अब्दुल हमीद : (रिजवान से कहते हैं) सुन बे ध्यान से इन 6 लोगों को मरवा दे । फोन लगा अपने आदमियों को हिन्दुस्तान में है ये लोग । उसे कहना एक एक करके मारे ।

रिजवान : जी उस्ताद । अभी फ़ोन लगाता हूं । (उसने फोन लगाया ओर कहा) हेलो में रिजवान बोल रहा हूं उस्ताद ने कहा कि 6 लोगों को मारना है । उनका पता और नाम तुझे मेसेज कर दिया है ।

अब्दुल हमीद : फोन मुझे दे ।

रिजवान : जी उस्ताद । चालु रखना फोन उस्ताद बात करना चाहते हैं ।

अब्दुल हमीद : अगर काम नहीं हुआ तो तुम्हारा कब्र में खोदुंगा । उनका पुरा खानदान मिटा देना । एक एक करके खत्म करना कहानी । फिर मेन टारगेट हिंदुस्तान कि प्रधानमंत्री इंदिरा गांधी । चल अब फोन रखता हूं ।

रिजवान : उस्ताद ये हिंदुस्तानी हमें कमजोर समझते हैं । इसलिए जब बंटवारा भी हुआ था । तब कितने हमारे मुस्लिम भाई मारे गए ।

अब्दुल हमीद : पता है मुझे जब भारत और पाकिस्तान के बंटवारे के दौरान करोड़ लोग इधर से उधर और उधर से इधर हुए। इस दौरान जो हिंसा हुई, उसमें 10 लाख लोग मारे गए। करीब 1.45 करोड़ शरणार्थियों ने अपना घर-बार छोड़कर अपने-अपने सम्प्रदाय बहुल देशों में शरण ली। 15 अगस्त 1947 की आधी रात को भारत और पाकिस्तान कानूनी तौर पर दो स्वतंत्र देश बने थे। पाकिस्तान ने अपने बंटवारे की प्रक्रिया 14 अगस्त को कराची में की थी, ताकि आखिरी ब्रिटिश वाइसरॉय लुइस माउंटबेटन करांची और नई दिल्ली दोनों जगह के कार्यक्रमों में शामिल हो सकें। और फिर अभी इतना घमंड है हिन्दुस्तान को । अंग्रेजों ने हमेशा से ही फूट डालो और राज्य करो की नीति को अपनाया। वे हिंदूओं और मुसलमानों दोनों को एक-दूसरे से लड़वाते रहते थे। बंटवारे से पहले 1906 में ढाका में मुस्लिम नेताओं ने मुस्लिम लीग की स्थापना की थी। 1930 में मुस्लिम लीग के सम्मेलन में प्रसिद्ध उर्दू कवि मुहम्मद इक़बाल ने अपने भाषण में पहली बार मुसलमानों के लिए एक अलग राज्य की मांग उठाई थी।

रिजवान : सबसे बड़ी गलती तो पंडित जवाहरलाल नेहरू कि है । धर्म परिवर्तन । लाहौर में 1940 के मुस्लिम लीग सम्मेलन में जिन्ना ने साफ कह दिया था कि वे बंटवारे के बाद दो अलग राष्ट्र चाहते हैं।हिन्दू महासभा जैसे हिन्दू संगठनों को बंटवारा कभी रास नहीं आया। वे हमेशा इसके विरोधी रहे। 1937 में इलाहाबाद में हिन्दू महासभा के सम्मेलन में विनायक दामोदर सावरकर ने अपने भाषण में कहा कहा था कि आज के दिन भारत एक राष्ट्र नहीं है, यहां पर दो राष्ट्र हैं-हिन्दू और मुसलमान। भारत की जनगणना 1951 के अनुसार बंटवारे के तत्काल बाद तक 72,26,000 मुसलमान भारत छोड़कर पाकिस्तान गए। वहीं, 72,49,000 हिन्दू और सिख पाकिस्तान छोड़कर भारत आए थे। इसमें से भी सबसे अधिक आना-जाना 78% पंजाब से हुआ था।

अब्दुल हमीद : अब ये पाकिस्तान चुप नहीं बैठेगा । पाकिस्तान में तो अभी राष्ट्रपति शासन लागू है ना । और दस जुलाई को प्रधानमंत्री का चुनाव है ।

रिजवान : नुसरत भुट्टो और चांद नवाब हिस्सा ले रहे हैं ।

अब्दुल हमीद : मुझे सभ कुछ पता है । नालायक । चल अब यहां से जा मुझे नमाज पढ़ना है । एक बात सभी के पास पहुंचा देना । 5 जुलाई को मैंने कोहलू में एक मीटिंग रखा है । बोल देना हाजिर रहे वरना अंजाम बुरा होगा । वैसे कितने लोग अपने आंतकवादी संगठन में है ।

रिजवान : जी उस्ताद बता दुंगा । अभी टोटल 415 लोग हैं । सभी को अच्छे से ट्रेनिंग मिल रहा है ।

अब्दुल हमीद : बहुत कम लोग हैं । ज्यादा से ज्यादा लोगों को बंदी बनाकर संगठन में शामिल करो । उन्हें हम खाली आंतकवादी बनाएंगे ।

रिजवान : जी हुजूर में अब चलता हूं ।

(रिजवान बाहर आकर फोन करता है । रिजवान ने सभी को फ़ोन करके कह दिया । 5 जुलाई को मिटिंग है तो आ जाना । ओर उसने हिन्दुस्तान में अपने आदमी को फोन करके कह दिया । काम हो जाना चाहिए उन 6 में से कोई बचना नहीं चाहिए । उस्ताद ने 5 जुलाई को मीटिंग रखा है कोहलू में ।)

(अगले ही दिन मेजर गमित सिंह को उन आंतकवादीयो ने टारगेट बनाया और उन्हें छाती पर गोली मारी । मेजर गमित सिंह घायल हो गए । आंतकवादी निकलने कि कोशिश कर रहे थे लेकिन उनको चारो तरफ से घेर लिया । उन दोनों आंतकवादीयो को पकड़ लिया । मेजर गमित सिंह को अस्पताल में इमरजेंसी आईसिओ में भर्ती किया गया ।)

कर्नल भार्गव : बोल तूने किसके कहने पर यह काम किया । सचिन इसकी तलाशी लो उसका फोन चेक करो ।

सचिन वर्मा : जी सर ।

(सचिन वर्मा ने तलाशी ली और उन्हें एक फोन मिला ।)

सचिन वर्मा : सर ये देखिए फोन ।

कर्नल भार्गव : चेक करो फोन को । तब तक नाम बताओ दोनों अपना जल्दी ।

इमाम हुसैन : मेरा नाम इमाम हुसैन है ।

कर्नल भार्गव : तेरा नाम बता ।

खलील जिब्रान : मेरा नाम खलील जिब्रान है ।

कर्नल भार्गव : क्यों किया तुम दोनों ने ऐसा । बताओं जल्दी वरना मरने के लिए तैयार रहो ।

इमाम हुसैन : हम कुछ नहीं बताएंगे । कुछ भी कर लो । हां हां हां हां हां (हंसते हुए)

लेफ्टिनेंट कर्नल विवेक कुमार पांडे : सर ये लातों के भूत बातों से नहीं मानेंगे । भेज दिजिए इन्हें ऊपर ।

सचिन वर्मा : सर इनके फोन से मुझे बहुत कुछ मिला । ये रिकोर्डिंग सुनिए । रिजवान कह रहा है कि मिशन कच्छ में जो भी शामिल थे उन सभी को खत्म कर दो और 5 जुलाई को मीटिंग है कोहलू में ।

कर्नल भार्गव : इनका क्या करें ।

लेफ्टिनेंट कर्नल विवेक कुमार पांडे : इनका कहानी अब खत्म करे और क्या करें । (विवेक कुमार ने ठोक दिया दोनों को) सर हमें जल्द से जल्द कुछ करना पड़ेगा ।

कर्नल भार्गव : करेंगे क्या ।

लेफ्टिनेंट कर्नल विवेक कुमार पांडे : सर अब इनकी कहानी खत्म करते हैं । चलते हैं पाकिस्तान 5 जुलाई को । चारो साइड टाइम बोम फिट कर देंगे । फिर चेप्टर एंड । साथ ही अब्दुल हमीद भी द एंड ।

कर्नल भार्गव : बार बार पाकिस्तान जाना ठीक नहीं रहेगा ।

मेजर ध्यानचंद : तो क्या सिर्फ गोलियां झेलते रहे हैं सर ।

कर्नल भार्गव : उस वक़्त तो हम पाकिस्तान प्रधानमंत्री से मिलने के बहाने चले गए । अब कैसे जाएंगे ।

लेफ्टिनेंट कर्नल विवेक कुमार पांडे : सर इस बार राष्ट्रपति से मिलने जाएंगे । हम 5 तारीख के सुबह 2 या 3 बजे बोम फिट कर निकल जाएंगे । वैसे भी वो मीटिंग 7 या 8 बजे नहीं करेंगे । 9 बजे के बाद ही वो सभी मीटिंग करेंगे । हमारा काम भी हो जाएगा और साथ ही अली भुट्टो का आंतकवादी संगठन भी खत्म हो जाएगा ।

कर्नल भार्गव : हर बार कि तरह हम किसी को बताकर नहीं जाएंगे । सिर्फ हम में से कोई एक जाएगा ये काम को कम्प्लीट कर आएगा । विवेक तुम नहीं जा सकते हो क्योंकि तुमे निगरानी करनी है । नहीं सचिन , नहीं अर्जुन जाएगा । में खुद जाऊंगा पाकिस्तान ।

मेजर ध्यानचंद : सर मेरे रहते हुए आप नहीं जाएंगे । में जाऊंगा । सर मुझे जाने दिजिए में अपने साथी का बदला जरूर लुंगा ।

कर्नल भार्गव : नहीं में ही जाऊंगा ।

मेजर ध्यानचंद : सर आप मेरी बात कभी नहीं सुनते हो । मुझे जाने दिजिए ।

कर्नल भार्गव : ठीक है । आज 1 जुलाई हो गया । तुम 4 जुलाई को फ्लाइट पकड़ कर पाकिस्तान चले जाना ओर बोम वहीं पर खरीद लेना अगर सामान ना दे तो बोल ना अली भुट्टो का आदमी हूं ।

मेजर ध्यानचंद : सर में आपसे कुछ कहना चाहता हूं । अगर मुझे मिशन के वक़्त कुछ भी हो जाए तो मेरे घर वालों को कुछ मत बताना ।

कर्नल भार्गव : में अभी तक यही सोच रहा हूं कि हमारी सभी बातें पाकिस्तान कैसे पहुंचा ।

लेफ्टिनेंट कर्नल विवेक कुमार पांडे : सर ये दोनों ने ही किया हो चापलूसी और कैसे पहुंचेगा ।

कर्नल भार्गव : ठीक है ये बात किसी को मत बताना सिक्रेट मिशन होगा । अब आप सभी जाइए परेड में ।

(चलिए अब थोड़ा पाकिस्तान में क्या हो रहा है नुसरत भुट्टो के घर ये भी जान लेते हैं ।)

नुसरत भुट्टो : अब्दुल हमीद ने संदेश भेजा है । 5 जुलाई को मीटिंग है अगर नहीं आए तो बहुत महंगा पड़ेगा ।

बेनजीर भुट्टो : अम्मी तो क्या आप जाओगी ।

नुसरत भुट्टो : मुझे गुलामी करने नहीं । मुझे गुलामी कर वाने आता है । मैं नहीं जाने वाली हूं ।

बेनजीर भुट्टो : अम्मी आपको क्या लगता है हमारे राष्ट्रपति एक्शन लेंगे या नहीं ।

नुसरत भुट्टो : किस बात के लिए ?

बेनजीर भुट्टो : हिंदुस्तान ने ड्रोन भेजा था उसके लिए ।

नुसरत भुट्टो : कुछ एक्शन नहीं लेने वाले हैं । अब जो भी एक्शन लिया जाएगा सिर्फ मेरे प्रधानमंत्री बनने के बाद ।

बेनजीर भुट्टो : जी अम्मी ।

(तीन दिन बीत गए । आज चार तारीख हो गया । मीटिंग के एक दिन पहले ही कोहलू के ओफिस को सजा दिया गया था । मेजर ध्यानचंद निकल पड़े फ्लाइट पकड़ने के लिए । फ्लाइट पकड़ लिया और कुछ घंटों बाद पहुंच गए पाकिस्तान । पहुंचने के बाद वो कोहलू जाने के लिए बस में बैठे और अपने लक्ष्य पर पहुंच गए फिर कोहलू पहुंच बोम खरीदने गए बोम लेने के बाद ओफिस पहुंचे। ओफिस पर कोई भी नहीं था । ओफिस बहुत ही बड़ा था । चारों साइड केमरा था । जैसा कहा था उन्होंने अपना काम बहुत अच्छे से किया । करीब उन्हें बोम फिट करने में आधा घंटा लग गया । टोटल 10 दस बोम फिट किया । फिर वहां से वो निकल पड़े । घुमने फिरने के बाद उन्होंने रात को 10 बजे फ्लाइट पकड़ लिया ओर भारत लौट आए । फिर एक नयी सुबह होती है । तारीख 5 जुलाई ।)

कर्नल भार्गव : आ गए अपना काम तो हो गया है ना ।

मेजर ध्यानचंद : जी सर बिल्कुल बहुत ही अच्छे से अपना काम हो गया है । आज दस बजे खबर मिल जाएगा । बस कुछ घंटों बाद ही पता चल जाएगा सर ।

(मीटिंग के लिए सभी हाजिर थे । बोम में टाइमिंग सेट था करीब 9 :50 मिनट पर बोम फट ही जाएगा । खुशी कि बात ये थी उस दिन किसने भी केमरा चेक नहीं किया)

अब्दुल हमीद : सभी को वालेकुम सलाम । मैंने आज बहुत ही खास मीटिंग रखा है ।

शेखर मल्लिक : नुसरत भुट्टो नहीं आयी है ।

अब्दुल हमीद : कोई बात नहीं । नहीं आई तो मत आए मुझे कोई फर्क नहीं पड़ता है । जो नहीं आएगा वो अल्लाह को प्यारा होगा समझे । आप सभी जानते हैं मैं क्यों लोगों का अपहरण करवा कर उन्हें आंतकवादी संगठन में क्यों जोड रहा हूं । ताकि हम हिंदुस्तानीयो से बदला ले सकू । उन्होंने अपने मुस्लिम भाई के साथ बहुत गलत किया है ।

शेखर मल्लिक : क्या गलत किया है । हमने कहां उनको छोड़ा ।

अब्दुल हमीद : भुल गए गोधरा काण्ड भारत की आज़ादी के बाद के इतिहास में सबसे भयानक दंगे 1969 में अहमदाबाद (गुजरात) में हुए थे जिसमें 5000 मुसलमान मारे

गए थे। उस वक़्त गुजरात के मुख्यमंत्री काँग्रेस के"हितेन्द्र भाई देसाई" थे और भारत की प्रधानमंत्री इन्दिरा गांधी थीं।अब याद आया ।

(तभी बोम फट जाता है । पुरी आंतकवादी संगठन के चिथड़े-चिथड़े उड़ जाते हैं । लाशो कि ढेर लग जाती है । बोम फटने कि आवाज़ बहुत जोर से आई थी । पाकिस्तान के न्यूज़ चैनल पर प्रसारित होने लगा । भारत में भी यह खबर पहुंच गयी ।)

नुसरत भुट्टो : वो तो मुझे फंसाया जा रहा था । ताकि में मीटिंग में जाऊं । अच्छा हुआ में नहीं गयी । चलो मेरे रास्ते से अब्दुल हमीद हट गया ।

(आखिर वो दिन का इंतजार खत्म हुआ पाकिस्तान पुरी तरह से आंतकवादीयो से आजाद हो गया । 10 जुलाई को पाकिस्तान ने नुसरत भुट्टो को अपना प्रधानमंत्री चुना । प्रधानमंत्री बनने के बाद नुसरत भुट्टो ने पुरा पाकिस्तान में कड़े नियम और कानून लागू कर दिया । नुसरत भुट्टो ने कितनी बार भारत पर हमला कर वाने कि कोशिश कि मगर हर बार नाकामयाब रही । हमें लग रहा था कि मेजर गमित सिंह गोली लगने के बाद जिंदा नहीं रहेंगे लेकिन उन्हें भी एक जीवन दान मिल गया .)

जय हिन्द जय भारत.यही थी पगढाल की कहानी । पगढाल का मतलब ही है । कभी पैर रूकना नहीं चाहिए । अभी कहानी खत्म नहीं हुआ है ,फिर मिलते हैं....

***** समाप्त *****

धन्यवाद

उम्मीद है आप सभी को यह कहनी बहुत अच्छा लगा होगा । मुझे ये कहानी लिखने में बहुत मुश्किलों का सामना करना पड़ा लेकिन मैंने ये कहानी पुरा लिख ही दिया । आप सभी अपना प्यार मुझ पर ऐसे ही बरसाते रहिएगा और में नई - नई कहानी लिखके आपका मनोरंजन करता रहूंगा । यह सारा श्रेय मेरे पिताजी को जाता है वो हमेशा से ही मुझे सपोर्ट करते थे । आज अगर वो होते तो उन्हें बहुत ख़ुशी होती । वो हमेशा मेरे साथ रहेंगे । मेरे प्यारे पापा आई लव यू ।

- धन्यवाद आप सभी का

  विवेक कुमार पांडे शंभूनाथ